BOYACININ

Richard Atwater 29 Aralık 1892'de Amerika Birleşik Devletleri'nin Chicago kentinde doğdu. Aynı kentte üniversiteye gitti ve parlak bir öğrenci olarak mezun oldu. Değişik işlerde çalıştıktan sonra 2 çocuk kitabı yazdı. *Boyacının Penguenleri* onun ikinci kitabıdır. 1948 yılında hastalanınca kitabı tamamlayamadan öldü. Kitap, karısı Florence Atwater tarafından tamamlanarak yayınlandı.

Robert Lawson 1892'de New York'da doğdu. 1957'de öldü. Okumayı çok seven bir çocuk olmasına rağmen o yaşlarda herhangi bir sanatsal eğilimi yoktu. Sanata olan ilgisi lisede ortaya çıktı. New York Güzel Sanatlar ve Uygulamalı Sanatlar Okulu'nda, Howard Giles'ın yanında okudu.

1914'te Greenwich Village'da ilk atölyesini kurdu, 1930'da kitap illüstrasyonları yapmaya başladı. 1930-1933 arasında gravür sanatıyla uğraştı. 1939'da kendi hikâyelerini yazmaya başladı. *Rabbit Hill* ile 1944'te Newbery Ödülü'nü kazandı. Atalarının hikâyesini anlattığı biyografi kitabı *They Were Strong and Good* ile 1940 yılında Caldecott Ödülü'nü kazandı.

İlknur Özdemir İstanbul'da doğdu. İstanbul Alman Lisesi'ni ve Boğaziçi Üniversitesi İşletme Bölümü'nü bitirdi. Almanca ve İngilizceden çok sayıda çevirisi ve *Senin Öykün Hangisi* adlı bir öykü kitabı vardır.

Başlıca Çevirileri: Paul Auster: *Yalnızlığın Keşfi, Yanılsamalar Kitabı, New York Üçlemesi*; Gabriel Garcia Marquez: *Şili'de Gizlice*; Nadine Gordimer: *July'ın İnsanları*; Heinrich Mann: *Mavi Melek*; Max Frisch: *Stiller*; J. M. Coetzee: *Utanç, Petersburglu Usta*; Michael Cunningham: *Saatler*; Günter Grass: *Yengeç Yürüyüşü, Soğanı Soyarken*; Hermann Hesse: *Klingsor'un Son Yazı*; Maria Public: *Mozart, Bir Bilincin Öyküsü*; Arundhati Roy: *Küçük Şeylerin Tanrısı*; Stefan Zweig: *Günlükler*; Bruno Schulz: *Tarçın Dükkânları*; Ian McEwan: *Cumartesi, Sahilde*; Jay Parini: *Son İstasyon*; Ingeborg Bachmann-Paul Celan: *Kalp Zamanı*; Edith Wharton: *Keyif Evi*; Umberto Eco: *Genç Bir Romancının İtirafları*; Virginia Woolf: *Mrs. Dalloway, Kendine Ait Bir Oda, Dalgalar*; Pascal Mercier: *Lizbon'a Gece Treni*.

İlknur Özdemir Michael Cunningham'ın *Saatler* adlı kitabının çevirisiyle Dünya Kitap Dergisi Çeviri Ödülü'nü almıştır. Halen bir yayınevinde genel yayın yönetmeni olarak çalışmaktadır.

RICHARD ve FLORENCE
ATWATER

Boyacının Penguenleri

Resimleyen:
Robert Lawson

Çeviren:
İlknur Özdemir

Yapı Kredi Yayınları

Yapı Kredi Yayınları - 2894
Doğan Kardeş - 177

Boyacının Penguenleri / Richard ve Florence Atwater
Özgün adı: Mr. Popper's Penguins
Çizimler: Robert Lawson
Çeviren: İlknur Özdemir

Kitap editörü: Aslıhan Dinç
Düzelti: Fahri Güllüoğlu

Tasarım: Nahide Dikel
Grafik uygulama: Arzu Yaraş

Baskı: Bilnet Matbaacılık Biltur Basım Yayın ve Hizmet A.Ş.
Yukarı Dudullu Organize Sanayi Bölgesi 1 Cadde
No: 16 Ümraniye / İstanbul
Sertifika No: 15690

1. baskı: İstanbul, Nisan 2005
Karton kapak 1. baskı: İstanbul, Nisan 2009
8. baskı: İstanbul, Haziran 2013
ISBN 978-975-08-1603-1

Yapı Kredi Kültür Sanat Yayıncılık Ticaret ve Sanayi A.Ş.
Yapı Kredi Kültür Merkezi
İstiklal Caddesi No. 161 Beyoğlu 34433 İstanbul
Telefon: (0 212) 252 47 00 (pbx) Faks: (0 212) 293 07 23
http://www.ykykultur.com.tr
e-posta: ykykultur@ykykultur.com.tr
İnternet satış adresi: http://alisveris.yapikredi.com.tr

İÇİNDEKİLER

BÖLÜM 1

Durgunsu Kasabası

Eylül sonlarında bir öğle sonrasıydı. Şirin bir kasaba olan Durgunsu'da boyacılık yapan Bay Popper, işini bitirmiş evine dönüyordu.

Kovalarını, merdivenlerini ve kalaslarını da yanında taşıdığından yürürken epeyce güçlük çekiyordu. Orasına burasına boya ve kireç bulaşmıştı, saçlarına ve bıyıklarına da duvar kâğıdı parçaları yapışmıştı, pek de düzenli biri olduğu söylenemezdi doğrusu.

Oyun oynayan çocuklar o geçerken başlarını kaldırıp gülümsediler, onu gören ev hanımları da, "Bakın bakın, boyacı Bay Popper geçiyor," dediler. "Unutmayayım da John'a hatırlatayım, ilkbahar gelince evi bir güzel boyatsın."

Ama hiç kimse boyacının kafasından neler geçtiğini bilmiyordu, bilmek bir yana, günün birinde onun Durgunsu'nun en ünlü kişisi olacağını tahmin bile edemiyordu.

Bay Popper hep hayal kurardı. Duvar kâğıtlarına yapıştırıcı sürerken olsun, insanların evlerinin dış yüzeylerini boyarken olsun, yaptığı işi unutur giderdi. Bir keresinde bir mutfağın üç duvarını yeşile, dördüncüsünü sarıya boyamıştı. Evin hanımı ise, öfkelenecek ve duvarları baştan boyatacak yerde öylesine hoşlanmıştı ki yapılan işten, du-

varlara hiç dokunmamasını istemişti. Bu mutfağı gören öteki ev hanımları da duvarlara bayılmışlardı, çok geçmeden Durgunsu'da oturan herkesin evinin mutfağı böyle iki renkli olmuştu bile.

Boyacının bu kadar dalgın olmasının nedeni, hep uzak ülkelerin hayalini kurmasıydı. Durgunsu'dan dışarı adımını atmamıştı. Mutsuz değildi kasabasında. Kendine ait küçük, güzel bir evi, çok sevdiği bir karısı, Janie ile Bill adında iki de çocuğu vardı. Yine de, eşimle tanışıp evlenmeden önce öteki ülkeleri şöyle bir gezip dolaşmış olsaydım hiç de fena olmazdı, diye düşünürdü sık sık. Hindistan'da kaplan avına çıkmamış, Himalayalar'ın doruğuna tırmanmamış, Güney'deki denizlerde inci çıkarmak üzere derin sulara dalmamıştı. Daha da önemlisi, kutupları hiç görmemişti. En çok da bunun eksikliğini duyuyordu. Buzlarla ve karlarla kaplı o bembeyaz, pırıl pırıl düzlükleri hiç görmemişti. Durgunsu'da bir boyacı olmaktansa bir bilgin olabilmeyi ne kadar da isterdi, eğer öyle olsaydı, kutuplara yapılan keşif gezilerine katılabilirdi. Kendisi gidemediği için, tek yapabildiği şey, durmadan oraları düşünmekti.

Kasabaya ne zaman kutuplarla ilgili bir film geldiğini duysa, bilet gişesinin önüne ilk koşan bizim boyacı olurdu ve çoğunlukla da filmi üç kez arka arkaya izlerdi. Kasabanın kitaplığına ne zaman Güney ya da Kuzey Kutbu'yla ilgili bir kitap gelse, kitabı okumak için alan ilk kişi de Bay Popper olurdu. Aslında kutup kâşifleri hakkında öyle çok şey okumuştu ki, onların adlarını teker teker sayabilir ve her birinin yaptıklarını sıralayabilirdi. Bu konuda tam bir uzman sayılırdı.

Akşamları bu iş için en uygun zamandı. O zaman küçük evinde koltuğuna gömülebilir ve dünyanın kuzeyindeki ve güneyindeki o buz gibi soğuk bölgeler hakkında yazılanları okuyabilirdi. Okurken de Janie ile Bill'in geçen yılbaşında hediye ettikleri küçük küreyi alıp okuduğu bölgenin bulunduğu yeri arayıp bulabilirdi.

Şimdi de, sokaklarda yürürken, hem akşam olduğu hem de eylül ayının sonu geldiği için büyük bir mutluluk duyuyordu.

Proudfoot Caddesi, 432 numaradaki küçük evine varınca kapıyı açıp içeri girdi.

Kovalarını, merdivenlerini ve kalaslarını yere bırakıp Bayan Popper'i öperken, "İşte böyle tatlım," dedi, "boya mevsimi sona erdi. Durgunsu'da ne kadar mutfak varsa boyadım, Elm Sokağı'ndaki yeni apartmanın bütün dairelerindeki bütün odaların duvarlarını kâğıt kapladım. İlkbahara kadar bir işim kalmadı, ilkbahar gelince insanlar evlerini boyatacaklar."

Bayan Popper içini çekti. "Bazen ilkbahardan sonbahara kadar süren bir iş yerine, bütün yıl kesintisiz süren bir işte çalışsaydın diye düşünüyorum," dedi. "Ara sıra tatil yapıp evde kalman hoşuma gidiyor elbette, ama bütün gün oturup kitap okuyan bir adamın yanında temizlik yapmak pek kolay olmuyor doğrusu."

"İstersen bütün evi boyayayım canım."

"Aman aman, sakın" dedi Bayan Popper, "geçen yıl yapacak başka bir iş bulamadığından banyoyu tam dört kez boyamıştın, bence bu kadarı yeter. Ama asıl canımı sıkan şey, para konusu. Biraz para biriktirdim, daha önceki kışlarda olduğu gibi yine idare edebiliriz sanıyorum. Ama artık pirzola filan yemek yok, dondurma da, pazar günleri bile."

Oyun oynamaktan dönen Janie ile Bill bunu duyunca, "Yoksa her gün kuru fasulye mi yiyeceğiz?" diye sordular.

"Herhalde öyle olacak," dedi Bayan Popper. "Haydi gidip ellerinizi yıkayın, yemek yiyeceğiz. Sen de babamız, şu pis boyaları kaldır, nasıl olsa daha uzunca bir süre onlara ihtiyacın olmayacak."

BÖLÜM 2
Radyodaki Ses

O akşam, Popperler'in çocukları yatınca, Bay ve Bayan Popper, uzun ve sakin bir akşam geçirmek üzere koltuklarına yerleştiler. Proudfoot Caddesi'ndeki 432 numaralı evin küçük ve sevimli oturma odası, Durgunsu'daki öteki oturma odalarına pek benziyordu, tek farkı duvarlarında dünyanın dört bir köşesini gösteren dergilerden alınma resimlerin asılı olmasıydı. Bayan Popper onaracağı giysileri eline alırken Bay Popper de piposunu, kitabını ve küresini alıp oturdu.

Kendilerini bekleyen upuzun kış aylarını düşünen Bayan Popper ara sıra içini çekiyordu. Onu kaygılandıran, fasulyelerin kış boyunca yetip yetmeyeceğiydi.

Oysa Bay Popper hiç mi hiç dert etmiyordu bunu. Gözlüklerini burnunun üzerine yerleştirirken, kış boyunca gezi kitapları okuyabileceğini ve bu okumasını bölecek bir iş çıkmayacağını düşünüp keyifleniyordu. Küçük küresini yanı başına koyup okumaya başladı.

"Ne okuyorsun?" diye sordu Bayan Popper.

"*Güney Kutbu Serüvenleri* adında bir kitap okuyorum. Çok ilginç. Güney Kutbu'na gitmiş olan çeşitli insanları ve orada neler bulduklarını anlatıyor."

"Şu Güney Kutbu hakkında yazılanları okumaktan bıkmaz mısın sen?"

"Hayır, bıkmam. Elbette bunları okumak yerine oraya gitmeyi yeğlerim. Gidemediğime göre okumakla yetinmek zorundayım, ne yapayım."

"Bana kalırsa oraları çok sıkıcı olmalı," dedi Bayan Popper. "O kadar kar ve buz var ki, çok sıkıcı ve çok soğuk olmalı."

"Yo, yanılıyorsun," dedi Bay Popper. "Geçen yıl Amiral Drake'in Biju'ya yaptığı keşif gezisinin filmini benimle birlikte izlemiş olsaydın oraları can sıkıcı bulmazdın."

"Eh, n'apalım gelmedim ve bana kalırsa artık hiçbirimizin sinemaya harcayacak parası olmayacak" diye yanıt verdi Bayan Popper, sesi biraz sert çıkmıştı. Aksi bir kadın sayılmazdı, ama para konusu kafasına takılınca bazen işte böyle huysuzlaşırdı.

"Eğer gelmiş olsaydın canım," diye devam etti Bay Popper, "Güney Kutbu'nun ne kadar güzel olduğunu görebilirdin. Ama bana kalırsa oradaki en güzel şey penguenler. O keşif gezisine katılanların penguenlerle oynayarak keyifli vakit geçirmelerine şaşmıyorum. Dünyanın en komik kuşları onlar. Ama öteki kuşlar gibi uçamıyorlar. Küçük adamlar gibi dimdik yürüyorlar. Yürümekten yorulunca karınlarının üzerine yatıp kayıyorlar. Evde penguen beslemek ne güzel olurdu."

"Evde mi!" dedi Bayan Popper. "Önce Bill köpek istedi, arkasından Janie kedi diye tutturdu. Şimdi de sen kalkmış penguen diyorsun! Ben evde hayvan filan istemiyorum. Evi leş gibi yaparlar, zaten yeterince işim var, evi temizlemek için canım çıkıyor. Hem hayvan beslemenin kaça patlayacağını da unutma. Zaten küçük akvaryumda balığımız var ya."

"Penguenler çok zekidir," diye devam etti Bay Popper. "Bak dinle, annemiz. Burada yazdığına göre, karides yakalamak isterlerse bir buz kütlesinin kıyısına toplanırlarmış. Ama hemencecik suya atlamazlarmış, çünkü penguenleri yemek üzere bir leopar ayıbalığı suda bekliyor olabilirmiş. Orada öylece birikip itişirlermiş, sonunda denizin güvenli olup olmadığını anlamak üzere içlerinden birini suya düşürmeyi başarırlarmış. Demek istiyorum ki o düşen pengueni yiyen çıkmazsa ötekiler de orayı güvenli bulup hep birden suya atlarlarmış."

"Ulu tanrım!" dedi Bayan Popper, dehşete düşmüş gibiydi. "Bana kalırsa bunlar oldukça vahşi kuşlar."

"Ne tuhaf değil mi," dedi Bay Popper, "bütün kutup ayıları Kuzey Kutbu'nda, bütün penguenler de Güney Kutbu'nda yaşıyorlar. Bana kalırsa, eğer gidebilselerdi, penguenler Kuzey Kutbu'ndan da hoşlanırlardı."

Saat on olduğunda Bayan Popper esneyip elindeki işi bir kenara bıraktı. "Eh, sen istersen o vahşi kuşlar hakkında yazılanları okumaya devam et, ama ben gidip yatıyorum," dedi. "Yarın perşembe, eylülün otuzu, Yardımsever Kadınlar Derneği'nin ilk toplantısı yapılacak, benim de orada olmam gerek."

"Eylülün otuzu mu!" dedi Bay Popper, heyecanlı bir sesle. "Şimdi bu gece çarşamba mı, yani eylülün yirmi dokuzu mu?"

"Evet, öyle sanırım. Öyleyse ne olmuş?"

Bay Popper, *Güney Kutbu Serüvenleri* kitabını elinden bırakıp hızla radyonun başına gitti.

"Ne olmuşmuş!" diye karısının sözlerini tekrarladı Bay Popper, radyonun düğmesini sağa sola oynatırken. "Drake'in Güney Kutbu Keşif Gezisi, radyo yayınına bu gece başlıyor."

"Ne önemsiz şey," dedi Bayan Popper. "Dünyanın dibindeki bir sürü adam 'Merhaba Anne, Merhaba Baba' diyecekler, hepsi bu."

"Hişşşt," dedi Bay Popper ona, kulağını radyoya yapıştırırken.

Önce bir parazit duyuldu, sonra birden Güney Kutbu'ndan gelen zayıf bir ses Popperler'in oturma odasını dolduruverdi.

"Amiral Drake konuşuyor. Selam Anne, selam Baba. Selam Bay Popper."

"Aman tanrım," dedi Bayan Popper. "Baba mı dedi, Popper mi dedi?"

"Durgunsu'da oturan Bay Popper, selam. Son keşif gezimizin fotoğraflarıyla ilgili güzel mektubunuza teşekkür ederim. Size yanıt vereceğim, ama mektupla değil, Bay Popper. Size bir sürprizim olacak. Bağlantı kesiliyor. Bağlantı kesiliyor."

"Amiral Drake'e *sen* mi mektup yazdın?"

"Evet, ben yazdım," diye itiraf etti Bay Popper. "Ona mektup yazıp penguenleri ne kadar eğlenceli bulduğumu söyledim."

"Hiç aklıma gelmezdi," dedi Bayan Popper, çok etkilenmişti.

Bay Popper küçük küresini eline alıp Güney Kutbu'nu buldu. "Bir düşünsene, ta nerelerden benimle konuştu. Hatta adımı bile söyledi. Annemiz, sence sürpriz yapacağım derken ne demek istiyordu?"

"Hiçbir fikrim yok," diye yanıtladı onu Bayan Popper, "ben artık gidip yatıyorum. Yarın sabahki Yardımsever Kadınlar Derneği'nin toplantısına geç kalmak istemiyorum."

BÖLÜM 3
Güney Kutbu'ndan

Ünlü Amiral Drake'in kendisiyle radyodan konuşmuş olmasının heyecanını yaşayan ve Amiral'in kendisine nasıl bir mesaj göndereceğini merak eden Bay Popper o gece pek iyi uyuyamadı. Amiral'in ne demek istediğini öğreneceği dakikayı iple çekiyordu. Sabah olduğunda, keşke gidecek bir yerim olsaydı, dedi, keşke boyayacağım, duvarlarını kâğıt kaplayacağım bir ev olsaydı. Hiç olmazsa zaman daha kolay geçerdi.

"Oturma odasının duvar kâğıdını değiştireyim mi?" diye sordu Bayan Popper'e. "Belediye Başkanının evinin duvarlarını kapladığım 88 numaralı kâğıttan epeyce kaldı elimde."

"İstemem," dedi Bayan Popper, kararlı bir sesle. "Şimdiki duvar kâğıdının nesi var? Bugün Yardımsever Kadınlar Derneği'nin ilk toplantısına gidiyorum, eve döndüğümde ortalığı darmadağın bulmak istemiyorum."

"Tamam canikom," dedi Bay Popper, uysalca, sonra da eline piposunu, küresini ve *Güney Kutbu Serüvenleri* kitabını alıp koltuğuna oturdu. Ama bugün o kitabı okurken nedense dikkatini yazılanların üzerinde toplayamıyordu. Düşünceleri sürekli olarak Amiral Drake'e gidiyordu. Bay

Popper'e, sana bir sürprizim var derken, ne demek istemişti?

Bereket çok uzun beklemesi gerekmedi de daha fazla rahatsızlık çekmedi. O gün öğleden sonra, Bayan Popper gittiği o toplantıdan, Janie ile Bill de okuldan dönmemişlerken, kapının zili uzun uzun çaldı.

"Galiba postacı geldi. Kapıyı açmasam da olur," diye düşündü Bay Popper.

Zil tekrar çaldı, bu kez biraz daha yüksek sesle. Bay Popper söylene söylene kapıya gitti.

Kapıda duran kişi postacı değildi, ekspres paket servisinden gelen biriydi ve elinde, Bay Popper'in o güne kadar görmediği büyüklükte bir kutu tutuyordu.

"Burada Popper diye biri oturuyor mu?" diye sordu adam.

"Popper benim."

"Burada ta Güney Kutbu'ndan ekspres postayla gelmiş bir paket var. Amma uzun bir yol, değil mi?"

Bay Popper makbuzu imzaladıktan sonra kutuyu inceledi. Her tarafı etiket doluydu kutunun. 'HEMEN AÇIN' diye yazıyordu birinin üzerinde. Bir başkasında ise 'SERİN YERDE TUTUNUZ.' Bay Popper, kutunun orasında burasında hava delikleri açılmış olduğunu gördü.

Kutuyu evin içine soktuktan sonra Bay Popper'in hiç zaman kaybetmeden koşup tornavidayı aldığını söylemeye gerek yok, çünkü artık gelen kutunun Amiral Drake'in söz ettiği sürpriz olduğunu anlamıştı elbette.

Kutuyu kaplayan levhaları ve paketin bir parçasını –bir tabaka kuru buzdu bu– zar zor sökebilmişti ki kutunun derinlerinden ansızın *"Ork"* diye bir ses duydu. Neredeyse

kalbi duracaktı. Bu sesi Drake'in keşif gezisi filmlerinden tanıyordu elbette. Elleri öyle titriyordu ki, paketin geri kalanını güçlükle açabildi.

Kuşkusu kalmamıştı. Bir penguendi bu.

Bay Popper'in sevinçten dili tutulmuştu.

Ama penguenin dili hiç tutulmamıştı. "Ork" dedi bir kez daha, derken de kanatlarını iki yana açıp yerdeki döküntülerin üzerinden atladı.

Penguen, 75-80 santim boyunda, bodur, küçük bir şeydi. Küçük bir çocuk kadardı boyu ama ön taraftaki düzgün beyaz yeleği, arkasındaki yere sürünen uzun, siyah ceketiyle tam bir küçük beyefendi gibi duruyordu. Gözleri, kapkara kafasında iki beyaz halkanın içine oturmuştu. Penguen kafasını bir yandan öte yana çevirdi ve önce bir sonra öteki gözüyle Bay Popper'i inceledi.

Bay Popper penguenlerin son derece meraklı olduklarını okumuştu bir kitapta, çok geçmeden de bunun doğru olduğunu anladı, çünkü konuğu kutudan çıktıktan sonra evin içinde dolaşmaya başlamıştı. O tuhaf, gösterişli, cakalı küçük adımlarıyla koridorda ilerledi ve yatak odasına girdi. Banyoya varınca da –Bay Popper onu hayvan mı, insan mı sayması gerektiğine bir türlü karar veremiyordu– yüzünde hoşnut bir ifadeyle çevresine bakındı.

"Belki de," diye düşündü Bay Popper, "banyonun beyaz fayansları ona Güney Kutbu'ndaki buzları ve karları anımsatıyordur. Zavallıcık, belki de susamıştır."

Bay Popper banyo küvetini dikkatle soğuk suyla doldurmaya başladı. Bu iş pek kolay olmadı, neden derseniz o meraklı kuş durmadan uzanıp sivri, kırmızı gagasıyla muslukları ısırmaya çalışıyordu. Neyse Bay Popper sonunda küveti ağzına kadar doldurmayı başardı. Penguen kafasını uzatıp küvete baktığında Bay Popper onu kaldırdığı gibi suyun içine sokuverdi. Ama penguen buna aldırmamış gibiydi.

"Neyse ki utangaç değilsin," dedi Bay Popper. "Sanırım Güney Kutbu'na gelen o kâşiflerle oynamaya alışkınsın."

Penguenin banyoda yeterince kaldığına emin olunca Bay Popper su boşalsın diye küvetin tıpasını çekti. Tam bundan sonra ne yapmalıyım diye düşünüyordu ki okuldan dönen Janie ile Bill içeri daldılar. Banyonun kapısında durup ikisi bir ağızdan, "Baba!" diye bağırdılar. "Bu da ne?"

"Amiral Drake yollamış bana. Güney Kutbu'ndan gelen bir penguen bu."

"Şuna bakın!" dedi Bill. "Yürüyor!"

Keyfi yerinde olan penguen gerçekten de yürüyordu. Güzel, siyah kafasını halinden hoşnut bir tavırla küçük küçük sallayarak banyo küvetinin içinde bir aşağı bir yukarı dolaşmaya başladı. Kimi zaman sanki attığı adımları sayar gibiydi, bir uçtan bir uca altı adım, bir yandan öbür yana iki adım, uçtan uca yine altı adım ve yandan yana yine iki adım.

"Kendisi kocaman bir kuş ama attığı adımlar ne kadar küçük," dedi Bill.

"Şu küçük siyah ceketine de bir bakın," dedi Janie, "sanki kendisine büyük gelmiş gibi arkasından sürükleniyor."

Ama penguen yürümekten yorulmuştu. Bu sefer, küvetin ucuna gelince kaygan yüzeyde yukarı sıçramaya karar verdi ve sıçradı da. Sonra döndü, kanatlarını iki yana açtı, bembeyaz karnının üzerine yatıp kızak gibi küvetin dibine doğru kaydı. Çocuklar, ceket koluna benzeyen ve dış tarafı simsiyah olan kanatların iç tarafının beyaz olduğunu gördüler.

"*Guk! Guk!*" dedi penguen, bu yeni bulduğu oyun çok hoşuna gitmişti, bıkmadan yineliyordu.

"Bunun adı ne baba?" diye sordu Janie.

"*Guk! Guk!*" dedi yine penguen, pırıl pırıl parlayan bembeyaz karnının üzerinde küvetin kenarından aşağıya kayarken.

"Galiba Cook'a benzer bir şey söylüyor," dedi Bay Popper. "Durun, durun bir dakika, tabii ya! Ona Cook diyelim, Kaptan Cook."

BÖLÜM 4

Kaptan Cook

"Kime Kaptan Cook diyecekmişsiniz bakalım?" diye sordu Bayan Popper, içeri öyle sessizce girmişti ki hiçbiri onun geldiğini duymamıştı.

"Kime olacak, penguene," dedi Bay Popper. Bu sürprizle karşılaşınca birden yere çöken Bayan Popper kendine gelmeye çalışırken Bay Popper, "Diyordum ki," diye devam etti, "ona Kaptan Cook'un adını verelim. Kaptan Cook, Amerikan devrimi sırasında yaşamış olan büyük bir İngiliz kâşifidir. Daha önce hiç kimselerin gitmediği yerlere yelken açmıştı. Güney Kutbu'na ulaşamadı, tamam, ama o bölgelerde pek çok önemli bilimsel keşifte bulundu. O yüzden onun adının bizim penguenimize pek uygun olduğunu düşünüyorum."

"Vay, vay, vay!" dedi Bayan Popper.

"*Gork!*" dedi Kaptan Cook, ansızın yeniden hareketlenmişti. Kanatlarını çırpıp küvetten çıktı, lavaboya sıçradı, orada durup banyonun zeminini inceledi. Sonra lavabodan aşağı atladı, Bayan Popper'in yanına gidip ayak bileğini gagalamaya başladı.

"Durdur şunu babamız!" diye haykıran Bayan Popper koridora doğru geriledi, Kaptan Cook da peşinden, Bay

Popper'le çocuklar da arkalarından koştular. Oturma odasına gelince Bayan Popper durup bir soluk aldı. Kaptan Cook da durdu, çünkü odaya bayılmıştı.

Oturma odasında duran bir penguen insana pek garip gelebilir elbette, ama unutmamak gerekir ki bir oturma odası da bir penguene garip gelir. Kaptan Cook, gözlerini heyecandan iri iri açmış, minik pembe ayaklarının arkasından siyah ceketinin eteğini sürükleyerek merakla bir koltuktan ötekine zıplıyor, nasıl bir şey olduğunu anlamak için her bulduğunu gagalıyordu. Sonra birdenbire dönüp mutfağa yöneldi.

"Belki de acıkmıştır," dedi Janie.

Kaptan Cook ise gözüne buzdolabını kestirmişti.

"*Gork?*" diye sordu, sonra da Bayan Popper'e dönüp akıllı akıllı başını yana eğdi, bir yandan da sağ gözüyle yalvarırcasına bakıyordu kadıncağıza.

"Ne akıllı şey bu," dedi Bayan Popper. "Ayak bileklerimi ısırdı diye kızmıştım ama sanırım onu bağışlayacağım. Belli ki merakından yaptı bunu. Her neyse, ne de olsa tertemiz, tatlı bir kuş bu."

"*Ork?*" diye tekrarladı penguen, gagasını uzatmış, buzdolabının kapısının metal kulpunu didikliyordu.

Bay Popper ona kapıyı açtı, Kaptan Cook da sırtını dikleştirip buzdolabının içini görebilmek için parlak tüylü, simsiyah kafasını geriye attı. Bay Popper kışları çalışmadığı için buzdolabı her zamanki gibi dolu değildi, ama penguenin bundan haberi yoktu elbette.

"Sence bu kuş hangi yemeklerden hoşlanır?" diye sordu Bayan Popper.

"Dur hele," dedi Bay Popper, bir yandan da buzdolabının içindeki yiyecekleri çıkartıp mutfak masasının üzerine diziyordu. "Haydi bakalım Kaptan Cook," dedi sonra, "gel de bir göz at şunlara."

Penguen önce bir sandalyenin üzerine, oradan da masanın kenarına zıpladı, bir yandan da dengesini sağlamak için kanatlarını çırpıyordu. Sonra masanın çevresinde, yiyeceklerin arasında yüzünde çok ciddi bir ifadeyle dolandı, hepsini büyük bir ilgiyle inceledi, ama hiçbir şeye dokunmadı. En sonunda durdu, sırtını dikleştirdi, gagasını yukarıya, tavana doğru uzattı ve mırlar gibi upuzun bir ses çıkardı. "*O r r r h, o r r r h,*" diye cıvıldadı.

"Penguenler memnunluklarını bu sesi çıkararak gösterirler," dedi Bay Popper, bunu Güney Kutbu'yla ilgili kitaplarda okumuştu.

Ancak belli ki Kaptan Cook'u memnun eden oradaki yiyecekler değil, evdekilerin konukseverliğiydi. Çünkü,

onların şaşkın bakışları arasında masadan aşağı atlayıp yemek odasına yöneldi.

"Biliyorum," dedi Bay Popper. "Ona deniz ürünleri almalıyız, konserve karides filan. Belki de henüz karnı acıkmamıştır. Bir yerde penguenlerin tam bir ay yemek yemeden yaşayabildiklerini okumuştum."

"Anne! Baba!" diye seslendi Bill. "Gelin de Kaptan Cook'un ne yaptığına bakın!"

Kaptan Cook yapacağını yapmıştı. Yemek odasının penceresinin pervazında duran balık kavanozunu bulmuştu. Bayan Popper'in uzanıp kavanozu kaldırmasına fırsat kalmadan penguen bütün süs balıklarını midesine indirmişti bile.

"Kötü bir penguensin sen!" diye onu azarladı Bayan Popper, gözlerini devire devire Kaptan Cook'a bakıyordu.

Kaptan Cook suçlu suçlu halının üzerine kıvrıldı ve olduğu yerde iyice büzüldü.

"Yanlış bir şey yaptığını biliyor," dedi Bay Popper, "ne akıllı değil mi?"

"Belki de onu eğitebiliriz," dedi Bayan Popper. Sonra penguene dönüp, "Kötü, yaramaz Kaptan!" diye bağırdı. "Kırmızı balıkları yiyen kötü Kaptan!" Ve sonra da kuşun toparlak siyah kafasına bir şaplak indirdi.

Bayan Popper'in bir daha vurmasına fırsat vermeden penguen iki yana yalpalaya yalpalaya mutfağa gitti.

Popperler mutfağa girince pengueni kapısı hâlâ açık duran buzdolabına girip saklanmaya çalışırken buldular. Ikına sıkına içine girmiş, buzluğun altına sıkışıp oturmuştu. Buzdolabının karanlık boşluğundan onlara beyaz çerçeveli kocaman gözleriyle tuhaf tuhaf bakıyordu.

"Bana kalırsa buzdolabının soğukluğu tam ona göre," dedi Bay Popper. "Geceleri onun içinde uyuyabilir."

"Peki ama ben yiyecekleri nereye koyacağım?" diye sordu Bayan Popper.

"Bakın," dedi Janie, "uyuyakaldı."

Kaptan Cook daha rahat uyuyabilsin diye Bay Popper buzdolabının soğukluk ayarı düğmesini sonuna kadar çevirdi. Penguen bolca temiz hava soluyabilsin diye de buzdolabının kapısını aralık bıraktı.

"Yarın buzdolabı servisini arayayım da kapıya birkaç

delik açması için bir adam göndersinler, açılsın ki penguen hava alabilsin," dedi, "sonra da kapının iç tarafına bir kulp taktırırız, böylece Kaptan Cook istediği zaman rahatça girip çıkabilir buzdolabına."

"Şu işe bakın," dedi Bayan Popper, "kırk yıl düşünsem evde penguen besleyeceğimiz gelmezdi aklıma. Olsun ama, ne de olsa çok terbiyeli davranıyor, üstelik öyle tatlı ve temiz ki belki de sana ve çocuklara örnek olur. Dinleyin beni, artık işimize baksak iyi olur. Şu kuşu seyretmekten başka bir şey yaptığımız yok. Babamız, yardım et de şu fasulyeleri masaya koyalım, olur mu?"

"Dur bir dakika," dedi Bay Popper. "Birden aklıma bir şey geldi, bana kalırsa Kaptan Cook şu buzdolabının dibinde pek rahat edemeyecek. Penguenler çakıl taşlarıyla, küçük taşlarla kurarlar yuvalarını. Öyleyse ben de buzluktaki buz küplerinden birkaç tane alıp penguenin oturacağı yere koyayım. Böylece daha rahat eder orada."

BÖLÜM 5
Penguen Başlarına Dert Açıyor

Proudfoot Caddesi'ndeki 432 numaralı evde oturanlar ertesi günü oldukça hareketli geçirdiler. Önce buzdolabı servisinden teknisyen geldi, sonra polis, arkasından da izin belgesi konusunda sorun çıktı. Kaptan Cook çocukların odasındaydı, yere koydukları yapbozla uğraşan Janie ile Bill'i seyrediyordu. İlk başta parçalardan birini ağzına atıp yemişti, ama Bill onun poposuna şaplağı indirince hiçbirini ellemedi. O arada arka kapıya gelen buzdolabı teknisyenini de duymadı.

Bayan Popper penguene karides konservesi almak üzere çarşıya gitmişti, Bay Popper de mutfakta yalnızdı, bu yüzden gelen teknisyene buzdolabına ne yapacağını anlatmak ona kaldı.

Teknisyen, elindeki alet çantasını yere bıraktı, önce buzdolabına sonra Bay Popper'e baktı; doğruyu söylemek gerekirse Bay Popper o saate kadar tıraş olmamıştı, anlayacağınız görünüşü pek iç açıcı değildi.

"Beyim," dedi teknisyen, "bu buzdolabına havalandırma deliği filan açtırmanıza ne gerek var?"

28

"Buzdolabı benim, canım da kapıya birkaç delik açtırmak istiyor," dedi Bay Popper.

Bu konuda tartışıp durdular. Teknisyene istediğini yaptırabilmek için, buzdolabına canlı bir penguen koyacağını, geceleri buzdolabının kapısını kapatsalar bile, içindeki kuşun bol temiz hava solumasını istediğini açıklamanın yeterli olacağını biliyordu Bay Popper. Ne var ki adama bütün bunları açıklamak istemiyordu. Aklından zoru olduğunu düşünürcesine gözlerini dikip kendisine bakan bu sevimsiz adamla Kaptan Cook'u konuşmak hiç gelmiyordu içinden.

"Haydi ama, ne diyorsam onu yapın," dedi Bay Popper. "Parasını ödüyorum ya."

"Neyle ödüyorsunuz?" diye sordu teknisyen.

Bay Popper çıkarıp beş dolar verdi adama. Verdi ama, bir yandan da bu parayla Bayan Popper ile çocuklara kim bilir ne çok fasulye alabileceğini düşününce pek üzüldü.

Teknisyen, Bay Popper'e pek güvenmiyormuşçasına parayı iyice inceledi. Neyse sonunda cebine soktu, alet çantasından bir matkap çıkardı, buzdolabının kapısında güzel bir motif oluşturacak biçimde beş küçük delik açtı.

"Dur hele," dedi Bay Popper, "bir yere kımıldama. Bekle bir dakika. Yapacak bir iş daha var."

"Neymiş bu iş?" dedi teknisyen. "Herhalde şimdi de içeri daha fazla hava girsin diye buzdolabının kapısını yerinden sökmemi isteyeceksiniz. Yoksa buzdolabınızı söküp radyoya dönüştürmemi mi istiyorsunuz?"

"Saçmalamayın," dedi Bay Popper, bu haksız sözler karşısında kızarak. "Böyle konuşmanıza ne gerek var. İster inanın ister inanmayın, ben ne istediğimi biliyorum. Yani,

size ne yaptıracağımı biliyorum. Bu kapının iç tarafına bir kapı kulpu takmanızı istiyorum, öyle ki kapı içeriden de açılabilsin."

"Aman ne güzel bir fikir," dedi teknisyen. "Demek iç tarafa bir kulp taktırmak istiyorsunuz. Tabii, tabii." Alet çantasını toplayıp eline aldı.

"İstediğim şeyi yapmayacak mısınız?" diye sordu Bay Popper.

"Tabii yapacağım, tabii," diyen teknisyen, arka kapıya doğru geriledi.

Teknisyenin buzdolabının kapısına içeriden bir kulp takma niyetinde olmadığını anladı Bay Popper. Oysa daha önce, ne iş verilirse yapacağı konusunda anlaşmışlardı adamla.

"Ben de sizi teknisyen sanmıştım," dedi adama.

"Teknisyenim. Şu ana kadar ağzınızdan çıkan en mantıklı söz bu."

"Ne biçim teknisyensiniz siz, bir buzdolabının kapısına içeriden ikinci bir kulp takmayı bile bilmiyorsunuz."

"Demek bilmiyorum, öyle mi? Bilmediğimi hiç sanmıyorum efendim. İş oraya kalırsa çantamda yedek bir kulp bile var, bir sürü de vida. Canım isterse pekâlâ da bilirim nasıl yapacağımı, bilmediğimi sanmayın."

Bay Popper hiç konuşmadan elini cebine attı ve teknisyene bir beş dolar daha uzattı. Bu son parasıydı. Bütün parasını harcadığı için Bayan Popper'in kendisine kızacağını biliyordu elbette, ama yapacak bir şey yoktu.

"Siz kazandınız efendim," dedi teknisyen. "İstediğiniz kulpu takacağım. Ben işimi görürken siz şu karşıdaki iskemleye oturun ki gözüm üstünüzde olabilsin."

"Anlaştık," diyen Bay Popper gidip iskemleye oturdu. Teknisyen yere oturmuş, buzdolabının kulpunu sağlamlaştıracak son vidaları da yerine takmak üzereydi ki pembe ayaklı penguen sessizce mutfağa girdi.

Yerde oturan yabancı adamı gören Kaptan Cook sessizce ona yaklaştı ve merakla gagalamaya başladı. Ama teknisyen penguenden daha şaşkındı.

"*Ork*," dedi penguen. Teknisyenin ağzından da çıkmış olabilirdi bu sözcük. Bay Popper bir anda iskemlesinden fırlarken neler olduğunu tam olarak anlayamadı. Aletler havada uçuştu, sokak kapısı çarpılarak kapandı... teknisyen gitmişti.

Bu patırtıyı duyan çocuklar koşarak geldiler elbette. Bay Popper onlara, penguen rahatça kullansın diye biçimi değiştirilen buzdolabını gösterdi. Kaptan Cook'u buzdolabına sokup kapısını kapatarak değişikliği ona da gösterdi. İç taraftaki yepyeni, pırıl pırıl kulpu gören penguen her zamanki merakıyla ısırıverdi onu. Isırınca kapı açıldı, Kaptan Cook da dışarı atladı.

Bay Popper Kaptan Cook'u yeniden buzdolabının içine soktu, kapıyı arkasından kapattı, penguenin bu işi iyice öğrendiğine emin olmak istiyordu. Çok geçmeden Kaptan Cook buzdolabının içinden dışarı çıkmayı öğrendi, şimdi geriye, kapı kapalıyken içine nasıl gireceğini öğrenmesi kalmıştı.

Arka kapıya bir polis geldiğinde Kaptan Cook, bütün hayatı boyunca bir buzdolabının içinde yaşamışçasına onun içine girip çıkmakta usta olmuştu bile.

BÖLÜM 6

Dert Üstüne Dert

Polisi ilk önce çocuklar fark etti.

"Bak baba," dedi Bill, "arka kapıda bir polis memuru var. Seni tutuklamaya mı gelmiş?"

"*Guk*," diyen Kaptan Cook, başını gururla dikleştirerek kapıya doğru yürüdü, gagasını telli kapının deliklerinden sokmaya çabaladı.

"Burası Proudfoot Caddesi 432 numara mı?"

"Evet, burası," dedi Bay Popper.

"Evet, galiba doğru adrese geldim," diyen polis memuru, eliyle Kaptan Cook'u gösterdi. "Bu şey size mi ait?"

"Evet, bana ait," dedi Bay Popper gururla.

"Peki geçiminizi neyle sağlıyorsunuz?" diye sordu polis, yüzünde pek ciddi bir ifade vardı.

"Babam sanatçıdır," diye atıldı Janie.

"Üstü başı boya ya da kireç lekesi içindedir," diye ekledi Bill.

"Ben boyacıyım, ev dekorasyonu da yaparım," dedi Bay Popper. "İçeri girmez misiniz?"

"Zorunlu olmadıkça girmemeyim daha iyi," dedi polis.

"Ha ha!" diye güldü Bill. "Bu polis Kaptan Cook'tan korkuyor."

"*Gov*," dedi penguen, kırmızı gagasını alabildiğine açarak, polisle alay eder gibiydi.

"Konuşabiliyor mu bu?" diye sordu polis. "Hem ne bu? Kocaman bir papağan mı?"

"Bir penguen o," dedi Janie. "Evde besliyoruz."

"Eh, yalnızca bir kuşsa..." dedi polis, kasketini çıkarmış, şaşkın şaşkın kafasını kaşıyordu. "Elinde alet çantası olan şu adam öyle bir haykırıyordu ki içeride ormandan kaçmış bir aslan var sandım."

"Annem, bazen babamın saçlarının aslan yelesine benzediğini söyler," dedi Bill.

"Kapa çeneni Bill," dedi Janie. "Babamın saçının neye benzediği polis memurunu hiç ilgilendirmez."

Polis bu kez de çenesini kaşımaya başlamıştı. "Eğer bu gördüğüm kuştan başka bir şey değilse, bir kafese koyduğunuz sürece bence sorun yok."

"Biz onu buzdolabına koyuyoruz," dedi Bill.

"Buzdolabına koymanız beni hiç ilgilendirmez," dedi polis. "Ne tür bir kuş demiştiniz?"

"Bir penguen," diye yanıtladı Bay Popper. "Ha aklıma gelmişken, ben onu alıp sokakta gezdirmek istiyorum. Boynuna bir tasma taktığım sürece sakıncası olmaz değil mi?"

"Doğrusunu isterseniz," dedi polis, "tasmalı olsun ya da olmasın, penguenlerin sokakta gezmeleriyle ilgili belediye yasalarının ne olduğunu bilmiyorum. En iyisi müdürüme sorayım."

"Belki de penguenim için bir izin belgesi almam gerekir," dedi Bay Popper.

"Bence izin belgesi gerektirecek kadar iri bu," dedi polis. "Ne yapacağınızı söyleyeyim size. Belediyeye telefon edip penguenler hakkında nasıl bir uygulama olduğunu öğrenin. Şansınız açık olsun Bay Popper. Aslında çok tatlı küçük bir şey bu. Neredeyse insana benziyor diyeceğim. İyi günler Bay Popper, size de iyi günler Penguen Bey."

Bay Popper, Kaptan Cook'a izin belgesi alma konusunda görüşmek üzere belediyeye telefon ettiğinde, penguen bu görüşmeyi engellemek için elinden geleni yaptı, telefonun yeşil kablosunu ısırıp durdu. Belki de kabloyu hiç bilmediği, değişik bir yılanbalığı sanmıştı. Ama tam o sırada Bayan Popper alışverişten döndü ve getirdiği karides konservesini açtı; böylece Bay Popper rahat rahat konuşabildi telefonda.

Konuştu ama, evde besleyeceği bu hayvan için izin belgesi alması gerekip gerekmediğini öğrenmesi hiç de kolay olmadı. Telefondaki kişiye ne istediğini anlatıyor, bir dakika beklemesi söyleniyor, arkasından telefona başka biri çıkıp yine ne istediğini soruyordu. Bu böylece sürüp gitti. Sonunda Bay Popper'in durumuyla az da olsa ilgilenen biri geldi telefona. Dostça konuşan bu kişiden pek hoşlanan Bay Popper ona Kaptan Cook konusunu baştan anlatmaya koyuldu.

"Bu dediğiniz kişi orduda mı, emniyette mi yoksa donanmada mı çalışıyor?" diye sordu ses.

"Hiçbiri," dedi Bay Popper. "O bir penguen."

"Ne dediniz, yineler misiniz lütfen?" dedi ses.

Bay Popper yineledi. Karşısındaki kişi, bu adı heceleyerek yazdırmasının iyi olacağını belirtti.

"P-e-n-g-u-e-n," dedi Bay Popper, "penguen."

"Ya!" dedi ses. "Yani Kaptan Cook'un ilk adı Benjamin mi?"

"Benjamin değil. Penguen. Bir kuş o," dedi Bay Popper.

"Yani siz şimdi," dedi kulağının dibindeki ses, "Kaptan Cook'un kuş avlamak için izin belgesi istediğini mi söylüyorsunuz? Kusura bakmayın. Kuş avlama mevsimi kasım ayında başlıyor. Hem biraz daha tane tane konuşur musunuz lütfen, Bay... Topper'di değil mi adınız?"

"Benim adım Topper değil, Popper," diye bağırdı Bay Popper.

"A, evet Bay Potter. Şimdi sizi çok net duyabiliyorum."

"Dinleyin o zaman," diye kükredi Bay Popper, artık sabrı taşmıştı. "Siz belediyede çalışanlar penguenin ne olduğunu bilmiyorsanız, o zaman penguenlere izin belgesi gerektiğini söyleyen bir yasanız da yoktur. Ben de Kaptan Cook'a izin belgesi filan istemiyorum."

"Durun bir dakika, Bay Popwell. Göller, Irmaklar, Havuzlar ve Akıntılarda Gemi İşletim Bürosu'ndan Bay Treadbottom geldi şu anda. Sizi onunla görüştüreyim. Belki o, sizin şu Benjamin Cook'unuzu biliyordur."

Az sonra yeni bir ses konuşuyordu Bay Popper ile. "Günaydın. Burası Otomobil İzin Belgesi Bürosu. Geçen yıl da aynı arabayı mı kullanıyordunuz, eğer öyleyse, plaka numarası kaçtı?"

Bay Popper'i Eyalet Yönetim Binası'na bağlamışlardı.

Telefonu kapatmaya karar verdi.

BÖLÜM 7
Kaptan Cook
Kendine Bir Yuva Hazırlıyor

Janie ile Bill, istemeye istemeye Kaptan Cook'u bırakıp okula gittiler. Bayan Popper mutfakta çalışıyor, epeyce gecikmiş kahvaltı bulaşığını yıkıyordu; penguenin sık sık buzdolabına girip çıktığının farkına vardı ama aklına bir şeyden kuşkulanmak gelmedi.

O arada Bay Popper telefonu kapatmış, tıraş olmaya başlamıştı; Kaptan Cook gibi harika bir kuşun sahibi olmanın onuruna giyinip süslenecekti.

Bunlar olurken penguenle kimse ilgilenmese de o hiç de uslu durmuyordu.

Hem evin içindeki alışılmadık heyecan hem de alışverişe her zamankinden daha erken bir saatte gitmiş olması nedeniyle Bayan Popper ortalığı toplamaya fırsat bulamamıştı. O, kusursuz bir ev kadınıydı. Janie ile Bill gibi iki çocuğa ve her zaman kirli ve dağınık olan bir kocaya sahip olduğundan evi sık sık derleyip toplaması gerektiği gün gibi ortada.

Kaptan Cook durmuş, ortalığı toplayan Bayan Popper'i seyrediyordu.

Her odanın her bir köşesini kolaçan ediyor, kafasını so-

37

kup meraklı meraklı gagalıyordu. Bütün dolapların içine beyaz çerçeveli gözleriyle bakıyordu; bütün mobilyaların altına ve arkasına o tombul gövdesini ite kaka giriyor, meraktan, şaşkınlıktan ve zevkten küçük çığlıklar atıyordu.

Her ne arıyorsa onu bulduğunda kırmızı gagasının siyah ucuyla tutup kaldırıyor, geniş, pembe ayaklarının üzerinde iki yana sallanarak taşıyor, mutfağa ya da buzdolabına götürüyordu.

Kuşun durup dinlenmeden ne yaptığını merak etmek en sonunda Bayan Popper'in aklına geldi. Başını kaldırıp bakınca da çığlık çığlığa Bay Popper'i çağırarak gelip kuşun neler yaptığına bakmasını istedi.

Aslında Bay Popper'in de çok tuhaf göründüğünü Bayan Popper sonradan fark etti; o arada karısının yanına gelen Bay Popper, gözlerini iri iri açarak buzdolabının içine baktı.

Kaptan Cook da onlara katıldı ve hep birlikte buzdolabının içini seyrettiler. *"Ork, ork,"* dedi kuş, zafer kazanmış gibi.

Bayan Popper güldü, Kaptan Cook'un evin içindeki gezintilerinin sonucunu gören Bay Popper'in ise ağzı bir karış açık kaldı.

İki makara iplik, bir tane beyaz satranç taşı, bir yapbozun altı parçası... bir çay kaşığı ve bir kutu açılmamış kibrit... bir turp, iki tane 1 kuruş, bir tane onluk, bir golf topu, iki tane küçülmüş kurşunkalem, bir kırık iskambil kâğıdı, bir de küçük kül tablası. Beş tane saç tokası, bir zeytin, iki domino taşı, bir de çorap... Bir tırnak törpüsü, büyüklü küçüklü dört düğme, bir telefon tuşu, yedi tane misket, bir küçük bebek koltuğu... beş tane dama taşı, bir parça bisküvi, bir fincan, bir silgi... bir anahtar, bir çengel, bir parça buruşmuş yaldızlı kâğıt... kurumuş bir limonun yarısı, porselen bir bebek kafası, Bay Popper'in piposu, bir gazoz kapağı, mürekkep şişesi kapağı, iki vida, bir kemer tokası... altı boncuk, beş tane küçük küp, bir tahta yumurta, bir kemik, küçük bir ağız mızıkası, yarısı yenmiş bir şeker. Ayrıca iki tane diş macunu tüpü kapağı ve küçük, kırmızı bir defter.

"İşte kendine yuva hazırlamak diye buna derler," dedi Bayan Popper. "Ama ne yazık ki taş bulamamış."

"Bence," dedi Bay Popper, "bu penguenler Güney Kutbu'nda vahşi sayılabilirler ama bizimkisi belli ki evin içinde epeyce işe yarayacak."

"*Ork!*" dedi Kaptan Cook, oturma odasına doğru yürürken de Bayan Popper'in en değerli lambasını deviriverdi.

"Bana kalırsa babamız," dedi Bayan Popper, "Kaptan Cook'u biraz dışarı çıkarıp gezdirsen iyi olacak. Aaa, aman Tanrım, ne kadar süslenmişsin sen! Şu hale bak, sen de penguene benzemişsin!"

Bay Popper saçlarını yatırarak taramış, favorilerini kısaltmıştı. Bayan Popper artık ona saçlarının aslan yelesine benzediğini söyleyemeyecekti. Beyaz bir gömlek giyip beyaz kravat takmış, beyaz pantolon giymişti, ayağında da parlak kızıl-kahve renkte ayakkabılar vardı. Sedir ağacından yapılma sandıktan, düğününde giydiği eski siyah kuyruklu ceketini çıkarmış, güzelce fırçalayıp temizledikten sonra onu da sırtına geçirmişti.

Gerçekten de pengueni andırıyordu. Bayan Popper görsün diye döndü ve tıpkı bir penguen gibi paytak paytak yürüdü.

Öte yandan Kaptan Cook'a karşı görevini unutmamıştı.

"Annemiz, bana birkaç metre çamaşır ipi verebilir misin?" diye sordu Bay Popper.

BÖLÜM 8
Penguenle Gezinti

Bir pengueni gezdirmenin hiç de öyle kolay bir şey olmadığını Bay Popper çok geçmeden anlamıştı.

İlk başta Kaptan Cook boynuna bir tasma takılmasından hiç hoşlanmadı. Ne var ki Bay Popper bu konuda kararlıydı. Çamaşır ipinin bir ucunu penguenin tombul boynuna bağladı, öteki ucunu da kendi bileğine.

"Ork!" dedi Kaptan Cook, öfkeyle. Yine de çok anlayışlı bir kuştu, itiraz etmenin bir yararı olmadığını anlayınca her zamanki gibi gururla dikleştirdi kafasını ve Bay Popper'in kendisini yönetmesine razı oldu.

Bay Popper bayramlık şapkasını da başına geçirdikten sonra sokak kapısını açtı, Kaptan Cook yanında kibarca, paytak paytak yürüyordu.

Verandanın kenarında durup basamaklara bakan penguen, *"Gov,"* diye bir ses çıkardı.

Bay Popper, çamaşır ipini epeyce saldı.

"Guk!" diyen Kaptan Cook, kanatlarını kaldırdı, cesurca öne eğildi ve karın üstü yatarak basamaklardan aşağı kaydı.

Bay Popper da arkasından gitti, ama elbette ki kayarak değil. Basamakların dibine varınca Kaptan Cook hemen ayaklarının üzerinde doğruldu, başını sık sık arkaya çevirerek, gördükleri hakkında keyifli sesler çıkararak Bay Popper'in önüne düşüp sokağa çıktı.

Proudfoot Caddesi'nde, Popperler'in komşusu olan Bayan Callahan, eli kolu alışveriş torbalarıyla dolu olarak karşıdan geliyordu. Kaptan Cook'la Bay Popper'i görünce şaşkın şaşkın bakakaldı, o siyah kuyruklu ceketi içinde Bay Popper de tam bir penguene benzemişti.

Penguen, Bayan Callahan'ın elbisesinin altından görünen çizgili çoraplarını incelemeye başladığında kadıncağız, "Aman Tanrım, sen aklımı koru!" diye bağırdı. "Bu ne böyle, ne baykuşa benziyor ne de kaza!"

"İkisi de değil," dedi Bay Popper, eliyle bayramlık şapkasına dokunarak kadını selamlarken. "Bayan Callahan, bu gördüğünüz Güney Kutbu'ndan gelme bir penguen."

"Çekil git yanımdan," dedi Bayan Callahan, Kaptan Cook'a. "Bir karıncayiyen bu, değil mi?"

"Yo, karıncayiyen değil," diye açıklamaya çalıştı Bay Popper. "Kutup pengueni. Güney Kutbu'ndan gönderdiler onu bana."

"Güney Kutbu'ndan gelen şu kazını çabuk çek yanımdan," dedi Bayan Callahan.

Bay Popper kadının sözünü dinleyerek çamaşır ipini çekiştirdi, Kaptan Cook ise ayrılmadan önce kadının çizgili çoraplarına son bir gaga darbesi attı.

"Tanrım, sen aklımı koru!" diye bağırdı Bayan Callahan. "Hemen gidip Bayan Popper'le görüşmeliyim. Rüyamda görsem inanmazdım. Hemen gidiyorum."

Kaptan Cook'un peşinden sokakta koşmaya başlayan Bay Popper, "Ben de gidiyorum, ben de," dedi.

Bay Popper'le penguenin bir sonraki durakları, Proudfoot Caddesi'yle anacaddenin kesiştiği köşedeki eczane oldu. Kaptan Cook burada durup vitrini seyredeceğim diye diretti, vitrinde açılmış kutularda duran parlak beyaz kristaller dikkatini çekmişti. Belli ki bunları kutuptaki kara benzetmiş, gagasını vitrin camına vurmaya başlamıştı.

Ansızın bir araba frenlerini gıcırdatarak kaldırıma yanaştı, içinden iki delikanlı fırladı, birinin elinde bir fotoğraf makinesi vardı.

"İşte bu olmalı," dedi ilk inen delikanlı ötekine.

"Tamam, işte onlar," dedi öteki de.

Fotoğrafçı üç ayaklı sehpasını kaldırımın üzerine kurdu. Bunlar olurken çevrelerinde insanlar birikmeye başlamıştı, hatta eczaneden çıkan beyaz önlüklü iki adam da onları seyretmeye gelmişti. Ama Kaptan Cook, vitrinde sergilenen şeylerle öylesine ilgileniyordu ki dönüp de arkasına bakmadı bile.

"Siz, Proudfoot Caddesi 432 numarada oturan Bay Popper'siniz, değil mi?" diye sordu, delikanlılardan biri, cebinden bir defter çıkarırken.

"Evet," dedi Bay Popper, gazeteye basılmak üzere fotoğrafının çekileceğini anlamıştı. İşin aslı şuydu ki, o iki genç adam, böyle bir kuşun varlığını polis memurundan öğrenmişlerdi, Kaptan Cook'u gördüklerinde röportaj yapmak amacıyla Popperler'in evine gidiyorlardı.

"Hey pelikan kuşu," dedi fotoğrafçı, "arkana dön bak, kuş var burada."

Muhabir olan öteki, "O pelikan değil," dedi. "Pelikanların gagalarında torbaları olur."

"Aslında ona dudu kuşu derdim ama onların da soyu

tükendi. Bu tarafa baktırabilirsem çok hoş bir fotoğrafını çekeceğim bu kızın."

"O bir penguen," dedi Bay Popper. "Adı da Kaptan Cook."

Kendisi hakkında konuşulduğunu sezmiş gibi penguen "Guk!" diyerek döndü, üç ayaklı sehpayı görünce yanına gidip onu incelemeye koyuldu.

"Belki de bunun üç bacaklı bir leylek olduğunu sanıyordur," dedi fotoğrafçı.

"Şu kuşunuz," dedi muhabir, "dişi mi erkek mi? Halk öğrenmek ister de."

Bay Popper tereddüt etti. "Emin değilim, ama ben ona Kaptan Cook adını taktım."

"O zaman erkek," dedi muhabir, bir yandan da hızla not tutuyordu.

Kaptan Cook'un merakı giderilmemişti, üç bacaklı sehpanın çevresinde dönüp duruyordu, sonunda çamaşır ipi, penguen, Bay Popper ve üç ayaklı sehpa, hepsi birbirine dolandılar. Seyredenlerden biri akıl etti de dolanan ipin nasıl çözüleceğini söyledi, Bay Popper üç ayaklı sehpanın çevresinde ters yönde tam üç kez dönünce hepsi kurtuldular. Sonunda Kaptan Cook, Bay Popper'in yanında kıpırdamadan durarak poz vermeye razı oldu.

Bay Popper kravatını düzeltti, fotoğrafçı da fotoğrafı çekti. Kaptan Cook gözlerini kapadı, sonradan bütün gazetelerde onun bu resmi çıktı.

"Son bir soru," dedi muhabir. "Bu tuhaf hayvanı nereden buldunuz?"

"Amiral Drake gönderdi, Güney Kutbu'nu keşfe giden bilgin. Bana onu hediye olarak yolladı."

"Oyle olsun," dedi muhabir. "Her neyse, iyi bir öykü bu."

İki genç adam arabalarına atladılar. Bay Popper'le Kaptan Cook da gezintilerine devam ettiler. Peşlerinden bir kalabalık geliyor, sorular soruyordu. Sonunda kalabalık öyle büyüdü ki, onlardan kurtulmak için Bay Popper, Kaptan Cook'la birlikte bir berber dükkânına daldı.

Berber dükkânını işleten adam, o güne kadar Bay Popper'le iyi arkadaştı.

BÖLÜM 9
Berber Dükkânında

Dükkân çok sessizdi. Berber, yaşlıca bir beyefendiyi tıraş ediyordu.

Kaptan Cook bu manzaraya bayıldı, neler olduğunu daha iyi görebilmek için aynalı tezgâhın üzerine sıçradı.

"İyi geceler!" dedi berber.

Berber koltuğunda oturmakta olan beyefendinin yüzü bembeyaz tıraş köpüğü kaplıydı, neler olduğunu anlamak için başını şöyle bir kaldırdı.

"*Guk*!" dedi penguen, kanatlarını çırptı ve sivri gagasını o yaşlı beyefendinin yüzündeki tıraş köpüğüne doğru uzattı.

Koltukta arkasına yaslanmış olan beyefendi, bir çığlık attı, zıplayıp doğruldu, koltuktan fırladı ve sokağa koştu; paltosuyla şapkasını almayı bile aklına getirmemişti.

"*Gov*!" dedi Kaptan.

"Hey," dedi berber Bay Popper'e. "Şu nesneyi dükkânımdan çıkar çabuk. Burası hayvanat bahçesi mi? Derdin ne?"

"Onu dükkânın arka kapısından çıkarabilir miyim?" diye sordu Bay Popper.

"Hangi kapıdan istersen oradan çık," dedi berber, "çabuk çık da. Şuna bak, şimdi de taraklarımın dişlerini ısırıyor."

Bay Popper Kaptan Cook'u kucakladı, onun *"Kuvork?"*, *"Govk!"* ve *"Ork!"* çığlıkları arasında dükkândan arka taraftaki bölmeye geçti, oradan da dışarı çıkıp dar bir sokağa daldı.

Böylece Kaptan Cook hayatında ilk kez bir yangın merdiveni gördü.

Bay Popper ise şunu keşfetti: Eğer bir penguen bir merdiven görürse, onu bu merdivene tırmanmaktan alıkoyacak hiçbir şey yoktur dünyada.

"Tamam, tamam," dedi Bay Popper, Kaptan Cook'un arkasından soluk soluğa basamakları tırmanırken, "kuşsun sen, ama uçamıyorsun, bir yolunu bulup havaya yükselmelisin, bu durumda merdiven tırmanmaktan başka yapacak bir şeyin yok. Bereket bu bina yalnızca üç katlı. Haydi gel. Gel görelim bakalım, elinden neler geliyor."

Ağır ağır ama hiç bıkmadan, Kaptan Cook pembe ayaklarıyla basamakları birer birer çıktı, çamaşır ipinin öteki ucundaki Bay Popper de arkasından geliyordu.

Sonunda üst kata ulaştılar.

"Şimdi ne olacak?" diye sordu Bay Popper, Kaptan'a.

Tırmanacak merdiven kalmadığını gören Kaptan Cook arkasına döndü ve aşağı inen basamakları inceledi.

Sonra kanatlarını kaldırıp öne eğildi.

Merdiven çıkmaktan hâlâ soluk soluğa olan Bay Popper, o inatçı kuşun bu kadar çabuk aşağı inmek isteyeceğini tahmin etmemişti. Hiç unutmaması gereken bir şey vardı: Ne zaman ellerine bir fırsat geçse penguenler hiç durmaz karın üstü yatıp kayarlar.

Acaba çamaşır ipinin bir ucunu kendi bileğine bağlamakla hata mı etmişti?

Her neyse, Bay Popper birden kendini de o bembeyaz karnının üstüne yatmış, aşağı kayarken buldu, üç kat merdivenden aşağı gidiyordu. Bay Popper'in hemen önünden keyifle kaymakta olan penguenin bu çok hoşuna gitmişti.

Aşağı vardıklarında Kaptan Cook dönüp yine tırmanmaya kalkıştı merdivene, onun dikkatini dağıtmak için Bay Popper'in bir taksi çağırması gerekti.

"Proudfoot Caddesi, 432 numara," dedi sürücüye.

Nazik ve efendi bir adam olan sürücü, bu tuhaf yolcular arabadan inene kadar kahkahalarını koyuvermedi.

Kapıyı açıp kocasını gören Bayan Popper, "Aman tanrım!" dedi. "Gezintiye çıkarken ne kadar temiz ve yakışıklı görünüyordun. Şimdi şu haline bak!"

"Çok özür dilerim hayatım," dedi Bay Popper alttan alarak, "ama penguenlerin ne yapacağı hiç belli olmuyor."

Bunları der demez gidip yattı, çünkü bütün bu yaşadıkları onu fazlasıyla yormuştu, Kaptan Cook ise duş yaptıktan sonra buzdolabına girip uyudu.

BÖLÜM 10
Gölgeler

Ertesi sabah Bay Popper ile Kaptan Cook'un fotoğrafı, Durgunsu kasabasının gazetesi olan *Sabah Haberleri*'nde çıktı, fotoğrafın altında, bu pengueni Bay Popper'e dünyanın bir ucundaki Güney Kutbu'nda bulunan Amiral Drake'in hediye olarak uçak postasıyla gönderdiği yazıyordu. Sonra Ulusal Haber Ajansı bu öyküyle ilgilendi, bir hafta sonra da aynı fotoğraf ülkenin bütün büyük kentlerindeki en önemli gazetelerin pazar günkü sayılarında yer aldı.

Doğal olarak bütün Popper ailesi çok gururlu ve mutluydu.

Oysa Kaptan Cook hiç de mutlu değildi. Evin içinde keyifli keyifli dolaşıp orayı burayı karıştırmaktan vazgeçmiş, günün büyük bölümünü suratını asıp buzdolabında oturarak geçirmeye başlamıştı. Kaptan Cook'un oturduğu yer güzel ve düzenli olsun diye Bayan Popper buzdolabının içindeki bütün o tuhaf nesneleri çıkarmış, yalnızca misketleri ve dama taşlarını bırakmıştı.

"Kaptan artık bizimle oynamıyor," dedi Bill. "Birkaç misketimi çekip alayım dedim, beni ısırmaya kalktı."

"Yaramaz Kaptan Cook," dedi Janie.

"Çocuklar onu rahat bırakın," dedi Bayan Popper. "Bence canı sıkılıyor onun."

Ama Kaptan Cook'un derdinin, can sıkıntısından daha kötü bir şey olduğu çok geçmeden ortaya çıktı. Bütün gün buzdolabının içinde oturup beyaz çerçeveli küçük gözleriyle etrafı seyrediyordu. Tüyleri o güzelim parlaklığını kaybetmiş, küçük tombul karnı küçülmeye başlamıştı. Bayan Popper ona konserve karides verdiğinde başını öbür tarafa çeviriyordu.

Bir akşam Bayan Popper onun ateşini ölçtü. Bir de ne görsün, tam 40 derece.

Bay Popper'e dönüp, "Babamız," dedi, "veterineri çağırsan iyi olacak. Görünüşe bakılırsa Kaptan Cook çok hasta."

Veteriner gelip pengueni görünce başını iki yana sallamakla yetindi. Çok iyi bir hayvan doktoruydu o, daha önce hasta bir pengueni tedavi etmemiş olsa da kuşlar hakkında öyle çok şey biliyordu ki penguenin gerçekten hasta olduğunu bir bakışta anlamıştı.

"Size birkaç tane hap vereceğim. Ona her saat başı bir tane yutturun. Sonra onu sıvı gıdayla beslemeye çalışın ve buza sarın. Ne yazık ki içinizi rahatlatacak bir şeyler söyleyemiyorum, çünkü bana kalırsa umutsuz bir durumda. Siz de bilirsiniz, bu tür kuşlar böyle bir iklimde yaşayamazlar. Sizin ona iyi baktığınızı görüyorum, ama Güney Kutbu'ndan gelen bir penguen Durgunsu'da hayatta kalamaz."

O gece Popperler sabaha kadar uyumadılar, nöbetleşe buz torbalarını değiştirdiler.

Bir işe yaramadı. Sabah olunca Bayan Popper, Kaptan

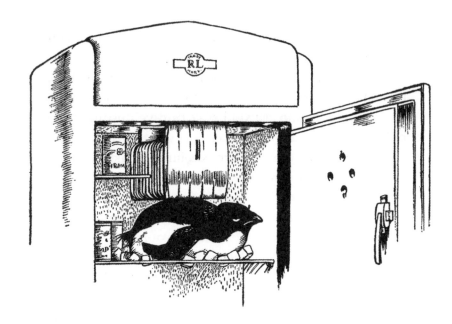

Cook'un ateşini bir kez daha ölçtü. Daha da yükselmiş, 41'i bulmuştu.

Herkes penguenle çok ilgileniyordu. *Sabah Haberleri* gazetesinin muhabiri uğramış, kuşun durumunu sormuştu. Komşular türlü türlü çorbalar ve et suları getiriyor, hayvancağızın iştahını açmaya çalışıyorlardı. O güne kadar Kaptan Cook'tan pek hoşlanmamış olan Bayan Callahan bile onun için nefis bir dondurmalı pasta hazırlamıştı. Ama hiçbiri işe yaramadı. Kaptan Cook bunlarla ilgilenecek gibi değildi.

Bütün gün kendinden geçmiş durumda uyukluyordu, onu gören herkes artık sonunun geldiğini söylüyordu.

Popperler bu komik, ciddi suratlı küçük yaratığa çok bağlanmışlardı, Bay Popper'in yüreği korkudan duracak gibiydi. Kaptan Cook ölürse kendi hayatının da bomboş kalacağını düşünüyordu.

Hasta bir penguenin nasıl iyileştirileceğini bilen biri olmalıydı mutlaka. Keşke Güney Kutbu'nda bulunan Amiral Drake'e danışmanın bir yolu olsaydı diye düşündü, ama buna zaman yoktu.

Çaresizlik içinde kıvranırken aklına bir fikir geldi. Bu hayvan ona, birisine yazdığı bir mektup sayesinde gelmişti. Bay Popper oturup bir mektup daha yazdı.

Mektubu, Mamut Kenti'nde bulunan dünyanın en büyük akvaryumunun yöneticisi olan Doktor Smith'e yazmıştı. Ölmekte olan bir penguenin nasıl iyileştirilebileceğini bilen bir tek kişi varsa o da mutlaka bu adamdı.

İki gün sonra doktordan yanıt geldi. "Ne yazık ki," diyordu doktor, "hasta bir pengueni iyileştirmek o kadar kolay değildir. Burada, Mamut Kenti'ndeki akvaryumda bizim de bir penguenimiz olduğunu belki bilmiyorsunuzdur, o da Güney Kutbu'ndan geldi. O da hasta. Elimizden geleni yaptık ama o da hızla kötüye gidiyor. Son zamanlarda acaba bu penguen yalnızlık mı çekiyor diye düşünmeye başladım. Belki sizin Kaptan Cook'unuzun hastalığının çaresi de budur. Bu nedenle size, bir kutu içinde bizim penguenimizi yolluyorum. Sizde kalabilir kızımız. Belki bu iki kuş birlikte hastalıklarını atlatabilirler."

İşte Greta, Proudfoot Caddesi'ndeki 432 numaralı eve böyle geldi.

BÖLÜM 11
Greta

 Sonunda Kaptan Cook ölmedi. Buzdolabında artık iki penguen vardı, biri ayakta duruyor, öteki buzluğun altındaki yuvada oturuyordu. "Bunlar iki tenis topu gibi birbirlerine benziyorlar," dedi Bayan Popper. "İki penguen gibi benziyorlar, demek istiyorsun herhalde," diye yanıt verdi Bay Popper. "İyi ama kim kimdir, nasıl bileceğiz?"

Tam o sırada, ayakta durmakta olan penguen buzdolabından dışarı atladı, sonra içeri uzandı, gözlerini yummuş uyumakta olan öteki penguenin altındaki dama taşlarından birini çekip aldı, Bay Popper'in ayaklarının dibine bıraktı.

"Gördün mü annemiz, bana teşekkür ediyor," dedi Bay Popper, penguenin kafasını okşayarak. "Güney Kutbu'nda penguenler böyle gösterirler dostluklarını, ama dama taşı değil de taş verirler elbette. Bu penguen, Kaptan Cook olmalı, Greta'yı getirdiğimiz ve hayatını kurtardığımız için bize teşekkür etmeye çalışıyor sanırım."

"İyi ama biz bunları birbirlerinden nasıl ayıracağız? Kafam karışıyor."

"Aşağı bodruma ineyim, biraz beyaz boya alıp ikisinin de adlarını sırtlarına yazayım."

Bodruma inen kapıyı açtı, tam inmek üzereydi ki neredeyse ayağı takılıp düşüyordu, çünkü Kaptan Cook birden kendini karın üstü merdivene atıp aşağı kaymıştı. Bay Popper yeniden yukarı çıktığında elinde bir fırçayla bir küçük kutu boya vardı, penguenin sırtında ise beyaz harflerle KAPTAN COOK yazılıydı.

"*Guk!*" dedi Kaptan Cook ve sırtındaki yazıyı gururla gösterdi buzdolabındaki penguene.

"*Gov!*" dedi buzdolabında oturan penguen ve sonra oturduğu yerde kıvrılıp bükülerek sırtını Bay Popper'e döndü.

Bay Popper buzdolabının önünde yere oturdu; Kaptan Cook onu seyrediyordu, önce bir gözüyle baktı Bay Popper'e, sonra da öbür gözüyle.

"Ona ne ad vereceksin?" diye sordu Bayan Popper.

"Greta."

"Ne güzel bir ad," dedi Bayan Popper, "Hem de çok tatlı bir penguene benziyor. Ama bu ikisi buzdolabına zor sığıyorlar, çok geçmeden Greta yumurtlar, bir de bakarsın penguenlerin buzdolabına sığmaz olurlar. Hem yiyecekleri nereye koyacağım ben, bu sorunu çözmedin henüz."

"Bir çözüm bulacağım canım," diye söz verdi Bay Popper. "Ekim ortasındayız, hava da oldukça soğuk, çok geçmeden hava Kaptan Cook ile Greta'nın rahat edebileceği kadar soğur."

"Evet," dedi Bayan Popper, "ama onları dışarı koyarsan kaçabilirler."

"Annemiz," dedi Bay Popper, "bu akşam sen yiyecek-

leri buzdolabına yerleştirebilirsin, Greta ile Kaptan Cook da evin içinde otururlar. Kaptan Cook bana yardım eder, yuvalarını öbür odaya taşırız. Bütün pencereleri açık bırakırım, böylece penguenler rahat ederler."

"Onlar rahat etmesine ederler de," dedi Bayan Popper, "biz ne yaparız?"

"Evdeyken paltolarımızı giyer, şapkalarımızı takarız," dedi Bay Popper, ayağa kalkıp pencereleri açmak üzere evin içinde odadan odaya giderken.

"Hava iyice soğudu gerçekten," diyen Bayan Popper hapşırdı.

Ondan sonraki günlerde hava daha da soğudu, ama Popperler paltolarıyla oturmaya alıştılar. Greta ile Kaptan Cook her zaman pencerelere en yakın koltuklarda oturmayı tercih ediyorlardı.

Kasım başlarında bir gece, fırtına koptu, Popperler sabah kalktıklarında evin her yanı karla dolmuştu.

Bayan Popper süpürgesini alıp evi süpürecekti, Bay Popper'e de kar küreğini getirmesini söyledi, karları toplayabilmek için, ama penguenler karın içinde öylesine eğleniyorlardı ki Bay Popper hiçbir şeye dokunulmasın, karlar olduğu gibi bırakılsın diye diretti.

Aslında, işi o kadar ileriye götürdü ki, bodruma inip eski bahçe hortumunu aldı, bütün evin tabanını suladı, öyle ki o gece evin içindeki suyun yüksekliği 2-3 santimi buldu.

Ertesi sabah kalktıklarında Popperler'in evinin tabanı cam gibi buz tutmuştu, açık pencerelerin dibindeki köşelerde de kar kümeleri birikmişti.

Greta da Kaptan Cook da buzu görünce sevinçten çılgına döndüler. Oturma odasının bir ucundaki kar kümesinin üzerine tırmanıyorlar, peş peşe kendilerini buzun üzerine atıyorlardı, sonunda öyle hızlı koşmaya başladılar ki dengelerini yitirdiler. Sonra da karın üstü yatıp yerdeki buz tabakasının üzerinde kaydılar.

Onların bu hali Janie ile Bill'in öyle hoşuna gitti ki onlar da paltolarıyla karın üstü yatıp aynı şeyi denediler. Penguenler de onları böyle görünce çok keyiflendiler. Penguenlerle çocuklar rahatça kayabilsinler diye Bay Popper oturma odasındaki eşyaları odanın bir tarafına yığdı. Bütün o eşyayı çekmek ilk başta pek kolay olmadı, çünkü koltukların ayakları buzun içinde donup kalmıştı.

Öğleden sonra hava ısındı, evin içindeki buz erimeye başladı. "Haydi bakalım babamız," dedi Bayan Popper. "Artık harekete geçmenin zamanı geldi. Böyle devam etmez bu iş."

"Ama baksana, Kaptan Cook ile Greta, ikisi de tombul tombul, tüyleri parladı, çocukların yanakları da hiç böyle pembe pembe olmamıştı."

"Çok sağlıklı bir durum olabilir bu," dedi Bayan Popper, yerdeki suları bir bezle almaya çalışırken, "ama her yer alt-üst."

"Yarın sabah bir şeyler yaparım," dedi Bay Popper.

BÖLÜM 12
Ailenin Yeni Üyeleri

Ertesi gün Bay Popper bir mühendis çağırdı ve bodruma kocaman bir buzdolabı koydurdu; sonra da Greta ile Kaptan Cook'u yanına alıp aşağı indirdi, bundan böyle orada yaşayacaklardı. Ama iş bununla bitmedi, bodrumdaki kalorifer kazanının da sökülüp üst kata, oturma odasına taşınması gerekiyordu. Kazan oturma odasına hiç mi hiç yakışmadı, ama Bayan Popper'in de söylediği gibi, sabahtan akşama kadar evin içinde paltolarla oturmaktan iyiydi.

Evdeki bu değişikliklerin kendisine çok pahalıya patlayacağını öğrenmek Bay Popper'i hiç de mutlu etmedi elbette. Öte yandan, Bay Popper'in beş kuruşu bile olmadığını öğrenmek de buzdolabını kuran mühendisin hiç hoşuna gitmedi. Neyse ki Bay Popper eline para geçer geçmez borcunu ödeyeceğini söyledi, adamcağız da Bay Popper'e kredi açmaya razı oldu.

Bay Popper'in, penguenleri alt kattaki yeni buzdolabına taşıması aslında çok iyi olmuştu, çünkü Bayan Popper yumurtalar konusunda haklı çıktı. Penguenlerin yuvası alt kattaki bodruma taşınır taşınmaz Greta ilk yumurtasını yumurtladı. Üç gün sonra da ikinci yumurta geldi.

Birkaç gün sonra Greta'nın altında üçüncü yumurta da görününce Bay Popper gerçekten şaşırdı, çünkü penguenlerin bir mevsimde iki tane yumurta yumurtladıklarını biliyordu. Penguenlerin yumurtlama alışkanlıklarını iklim değişikliği mi etkiledi bilinmez ama her üç günde bir yumurta bulur oldular Greta'nın altında. Sonunda tam on yumurta oldu.

Penguen yumurtaları öyle iridir ki, anne penguen ancak iki yumurtanın üstünde oturabilir, bu yüzden bu on yumurta epeyce sorun yarattı. Çözümü bulan ise Bay Popper oldu; Greta'nın altına sığmayan yumurtaları sıcak su şişelerinin ve elektrikli yastıkların altına koydu ve bunların ısısını da penguenlerin beden ısısına göre ayarladı.

Yumurtalardan çıkmaya başlayan yavru penguenler, anneleriyle babaları kadar tatlı ve sevimli değildiler. Bu tüylü, tuhaf yaratıklar çok hızlı büyüyorlardı. Kaptan Cook'la Greta durmaksızın onlara yiyecek taşıyorlardı, ama elbette Popperler de bu konuda kuşlara yardımcıydılar.

İyi bir kitap okuru olan Bay Popper, bebek penguenlere ad bulmakta hiç güçlük çekmedi. Koyduğu adlar şunlardı: Nelson, Columbus, Louisa, Janny, Scott, Magellan, Adelina, Isabella, Ferdinand ve Victoria. Bu adları bulması pek zor olmasa da, iyi ki on taneden fazla değiller diye düşünmedi de değil.

Bayan Popper de bu kadar penguenin hiç de az olmadığını düşünüyordu, aslında ev işi görürken hayvancıklar kendisini pek de rahatsız etmiyorlardı; elbette Bay Popper ile çocukların bodruma inen kapıyı açık unutmamaları koşuluyla.

Penguenler, bodrumdan mutfağa çıkan merdivene tır-

manmaya bayılıyorlardı, mutfak kapısı kapalı olmadıkça da içeri dalıveriyorlardı. Kapıyı kapalı bulunca arkalarını dönüp karınlarının üzerinde merdivenden aşağı kayıyorlardı. Bayan Popper mutfakta çalışırken onların çıkardığı tuhaf sesi duyuyordu tabii, ama sese alışmıştı, tıpkı o kış aylarında daha pek çok tuhaf şeye alıştığı gibi.

Bay Popper'in alt katta penguenler için yaptırdığı kocaman buzdolabı pek büyük ve pek güzeldi. Küçük buz küpleri yerine iri iri buz kalıpları oluşuyordu içinde, böylece Bay Popper çok geçmeden on iki penguen için bodrum katta buzdan şatoya benzeyen bir şey hazırladı, hem içinde yaşayabilecekler hem de üzerine tırmanabileceklerdi.

Bay Popper bodrumun tabanında koca bir çukur da açtı ve orada kuşlar için yüzebilecekleri ve içine dalabilecekleri bir yüzme havuzu oluşturdu. Ara sıra bu havuza taze balıklar atıyor, penguenler de dalıp balıkları yakalıyorlardı.

Bu balıklar penguenlerin çok hoşuna gitti doğrusu, çünkü doğruyu söylemek gerekirse konserve karidesten bıkmaya başlamışlardı. Bu taze balıklar özel sipariş ediliyor ve ta okyanus kıyısından, içinde su deposu olan araçlar ve cam kavanozlarla Proudfoot Caddesi'ndeki 432 numaralı eve taşınıyorlardı. Ne yazık ki bu balıklar pek pahalıydılar.

Penguenlerin sayısının bu kadar çok olması aslında çok hoş bir şeydi, çünkü içlerinden ikisi (genellikle de Nelson ile Columbus) kavgaya tutuştuklarında ve kanatlarıyla birbirlerine vurmaya başladıklarında öteki penguenler dövüşü izlemek için çevrelerinde toplanıyor, çıkardıkları seslerle onları yürekendiriyorlardı. Böylece çok ilginç bir manzara çıkıyordu ortaya.

Bay Popper, bodrumun bir bölümünü bir buz sahasına çevirmişti, penguenler burada sık sık ufak çaplı bir ordu gibi talim yapıyorlar, sıraya girip buzun çevresinde rap rap yürüyorlardı. Bu yürüyüş taburunun başına geçmeye en

meraklı olanı, Louisa idi. Penguenleri seyretmenin tadına doyulmuyordu, sonunda Bay Popper'in aklına Louisa'yı eğitip, o ciddi taburun başında, gagasında bir küçük Amerikan bayrağıyla yürütmek geldi. Janie ile Bill okuldan gelirken sık sık küçük arkadaşlarını da getiriyorlardı eve, çocuklar hep birlikte bodruma iniyorlar, orada saatlerce penguenleri seyredip eğleniyorlardı.

Bay Popper, geceleri, eskiden yaptığı gibi, koltuğunda oturup kitap okuyacağına ve piposunu tüttüreceğine, sırtına paltosunu geçirip aşağı iniyor, inerken de her şeyini yanına alıyordu. Ellerine eldivenlerini geçirip orada oturuyor, kitabını okuyordu; arada bir başını kaldırıp hayvanlar ne yapıyor diye bir göz atıyordu. Bu hayvancıkların asıl yurdu olan o soğuk, uzak bölgelere gidiyordu aklı çoğunlukla.

Penguenler gelip kendisini bunca meşgul etmeden önce hayatının şimdikinden ne kadar farklı olduğunu da düşünüyordu sık sık. Ocak ayındaydılar ve daha şimdiden ilkbaharı korkuyla bekler olmuştu, ilkbahar gelince penguenleri evde bırakarak bütün gün boyacılık yapmak zorunda olacaktı.

BÖLÜM 13
Para Sorunları

Bir gece, çocukları yataklarına yatırdıktan son-
ra Bayan Popper, bodruma inmekte olan Bay
Popper'i yolundan çevirdi.

"Babamız," dedi, "seninle konuşmam gerek.
Gel yanıma otur."

"Tabii, canım," dedi Bay Popper. "Ne ko-
nuşmak istiyorsun?"

"Babamız," dedi Bayan Popper, "Tatilini gü-
zel geçirdiğini görmek beni sevindiriyor. Ve itiraf
etmeliyim ki evi temiz tutmak her zamankinden daha ko-
lay oldu bu sefer, çünkü sabahtan akşama kadar aşağıda-
sın. Ama babamız, para konusunu nasıl çözeceğiz?"

"Sorun ne?" diye sordu Bay Popper.

"Bak canım, penguenlerin karnının doyması gerekiyor
elbette, ama bütün bu taze balıklara kaç para ödememiz
gerektiğinin farkında mısın? Bunların parasını nasıl öde-
yeceğimizi ben bilmiyorum doğrusu. Üstelik bodruma şu
koca buzdolabını kuran mühendis durmadan kapıya daya-
nıp parasını istiyor."

"Bütün paramız bitti mi?" diye sordu Bay Popper, alçak
sesle.

"Bitti ya. Aslında artık paramız olmadığına göre bir

süre bu on iki pengueni yiyerek karnımızı doyurabiliriz."

"Ne diyorsun annemiz," dedi Bay Popper, "hiç olur mu öyle şey!"

"Aslında onları yemekten hoşlanacağımı pek sanmıyorum, özellikle Greta ile Isabella'yı," dedi Bayan Popper.

"Çocuklar da çok üzülürler," dedi Bay Popper. Bir süre düşünceli düşünceli oturdu koltuğunda.

"Bir fikrim var," dedi sonunda.

"Belki de onları satabiliriz, böylece bir süre geçinecek paramız olur," dedi Bayan Popper.

"Yo," dedi Bay Popper, "benim daha iyi bir fikrim var. Penguenleri vermeyelim. Annemiz, sen hiç terbiye edilmiş fok balıklarından söz edildiğini duydun mu, hani şu sirklerde gösteri yapanlar?"

"Elbette duydum terbiye edilmiş fok balıklarını," diye yanıt verdi Bayan Popper, "hatta onları seyrettim bile. Burunlarının üstünde top tutuyorlardı."

"İyi öyleyse," dedi Bay Popper, "eğer köpekler ve fok balıkları terbiye edilebiliyorsa, o zaman penguenler de terbiye edilebilir, öyle değil mi?"

"Belki de haklısın canım."

"Elbette haklıyım. Onları terbiye etmeme yardımcı olursun sen de."

Ertesi gün, piyanoyu bodruma indirtip, buz pistinin bir ucuna yerleştirdiler. Bay Popper'le evlendiğinden bu yana Bayan Popper'in piyano çaldığı görülmemişti, ama biraz çalıştıktan sonra unutmuş olduğu şarkılardan bir kısmını hatırladı.

"Bu penguenlerin en sevdikleri şey," dedi Bay Popper,

"bir ordu gibi talim yapmak, bir de Nelson ile Columbus'un dövüşmelerini seyretmek, merdivenden tırmanıp aşağıya karın üstü kaymak. Biz de gösterimizi bu numaraların üzerine kuracağız."

"Kıyafete de ihtiyaçları yok," dedi Bayan Popper, küçük, komik hayvancıklara bakarak. "Zaten kıyafetleri var."

Böylece Bayan Popper, bodrumdaki piyanoda çalmak için üç tane şarkı seçti, üç farklı gösteri için üç farklı şarkı. Çok geçmeden de penguenler hangi şarkıyla hangi numarayı yapacaklarını öğrendiler.

Bir tabur asker gibi yürümeleri gerektiğinde Bayan Popper, Schubert'in "Asker Marşı"nı çalıyordu.

Nelson ile Columbus kanatlarını çırpıp birbirleriyle dövüşecekleri zaman Bayan Popper "Şen Dul Valsi"ni çalıyordu.

Penguenler merdiven tırmanıp aşağı kayacakları zaman ise Janie ile Bill buzun ortasına çeke çeke iki tane portatif merdiven ve Bay Popper'in evleri boyarken kullandığı kalası getiriyorlardı. Sonra Bayan Popper "Derenin Kıyısında" adında tatlı, oynak bir şarkı çalıyordu.

Bodrum soğuktu doğal olarak, bu yüzden Bayan Popper'in eldivenle piyano çalmaya alışması gerekti.

Ocak ayının sonu geldiğinde Bay Popper artık penguenlerin ülkenin neresinde olursa olsun sahneye çıkmaya hazır olduklarına karar verdi.

BÖLÜM 14
Tiyatroda

"Şuraya bakın," dedi bir sabah Bay Popper, kahvaltıda. *"Sabah Haberleri* gazetesinde, Palace Tiyatrosunun sahibi olan Bay Greenbaum'un kasabamıza geldiği yazıyor. Bu adamın bütün ülkede bir sürü tiyatrosu var. Bence gidip kendisini bir ziyaret etsek iyi olacak."

O akşam –günlerden cumartesiydi, ocak ayının da yirmi dokuzu– Popper ailesi, yanlarına on iki penguenlerini de alarak evden çıktılar ve Palace Tiyatrosunu bulmak üzere yola koyuldular. Penguenlerden ikisi gagalarında bayrak taşıyorlardı.

Penguenler artık o kadar eğitimliydiler ki, Bay Popper onlara tasma takmak gerekmediğine karar verdi. Gerçekten de aşağıdaki gibi sıraya girerek otobüs durağına kadar güzel güzel yürüdüler.

Otobüs köşebaşında durunca şaşkına dönmüş sürücünün ağzını açıp itiraz etmesine fırsat bırakmadan hepsi birden otobüse bindiler ve yola koyuldular.

Bay Popper sürücüye, "Kuşlar için yarım bilet mi alacağım, yoksa bedava mı yolculuk edecekler?" diye sordu.

"Janie'ye yarım bilet alacaksın, ama ben on yaşındayım," diye atıldı Bill.

"Hişşt," dedi Bayan Popper, çocuklarla birlikte yerlerine oturunca. Penguenler de sırayı bozmadan onların peşinden gittiler.

"Baksanıza bayım," dedi sürücü, "bu maskaralarla nereye gittiğinizi sanıyorsunuz?"

"Kasabanın merkezine," dedi Bay Popper, "haydi, şu elli kuruşu kabul et de anlaşalım."

"Doğrusunu söylemek gerekirse bu kuşlar yanımdan geçerlerken sayılarını şaşırdım."

"Bunlar eğitimli penguenler," dedi Bay Popper.

"Gerçekten kuş mu bunlar?" diye sordu sürücü.

"Tabii ya," dedi Bay Popper. "Onları Palace Tiyatrosuna götürüyorum, sahibi olan ünlü Bay Greenbaum'la görüşmek üzere."

"Bakın, eğer biri şikâyet edecek olursa, önüme ilk gelen köşebaşında indiririm onları, bilmiş olun," dedi sürücü.

Bay Popper

Bayan Popper

Greta
Kaptan Cook

Columbus
Victoria

"Anlaştık," dedi Bay Popper, aslında inmek zorunda kalırlarsa hangi otobüse binebileceklerini sormak geçiyordu içinden ama iyisi mi vazgeçeyim diye düşündü.

Penguenler pek usluydular. Koltuklarda ikişer ikişer sessizce oturuyorlardı, öteki yolcular da onları seyrediyorlardı.

Bay Popper otobüstekilere dönüp, "Kusura bakmayın," dedi, "ama bütün camları açmak zorundayım. Bunlar Güney Kutbu'ndan gelme penguenler ve geldikleri yerde daha soğuk havaya alışkındırlar."

Bay Popper'in bütün pencereleri açması epeyce zaman aldı, çünkü hepsi de sıkışmıştı. En sonunda açmayı başarınca öteki yolcular homurdanmaya başladılar. Pek çoğu sürücüye şikâyette bulundular, o da Bay Popper'e kuşlarını otobüsten indirmesini söyledi. Bu sözünü birkaç kez yinelemesi gerekti. Sonunda, Bay Popper inmezse otobüsü

Bill Popper
Janie Popper

Nelson   Magellan   Scott   Ferdinand
Jenny   Adelina   Isabella   Louisa

bir adım bile ileri götürmeyeceğini söyledi. Ancak o sırada otobüs gidecekleri yere o kadar yaklaşmıştı ki inmek hiçbirinin umurunda olmadı.

Palace Tiyatrosunun parlak ışıkları yalnızca bir sokak ötedeydi.

Popperler'le penguenler yanından geçerken tiyatronun müdürü, "Merhaba," dedi. "Evet, Bay Greenbaum şu anda burada, benim büromda. Aslında sizin şu kuşlarınızı duymuştum ama pek inanmamıştım. Bay Greenbaum, sizi Popper Penguenleri'yle tanıştırayım. Sizi şimdi yalnız bırakayım, sahne arkasına gitmem gerekiyor."

Altışarlı iki sıra halinde dizilmiş duran penguenler gözlerini merakla Bay Greenbaum'a dikmişlerdi. On iki penguenin beyaz halkalı yirmi dört gözü pek ciddi bakıyordu adama.

"Kapının önüne birikmiş olanlar, haydi hepiniz işinin başına bakayım," dedi Bay Greenbaum. "Özel bir görüşme yapıyoruz." Sonra yerinden kalkıp kapıyı kapattı.

Bay Greenbaum iki sıra halindeki penguenlerin önünde bir aşağı bir yukarı yürüyüp onları incelerken Popperler oturup beklediler.

"Bunlar bir gösteri yapacağa benziyor," dedi Bay Greenbaum.

"Elbette gösteri yapacaklar," dedi Bay Popper. "Popper'in Marifetli Penguenleri bunlar, sahnelerde ilk kez, Güney Kutbu'ndan doğru buraya geldiler." Bay Popper'le Bayan Popper sahnede yapacakları gösteriye bu adı uygun görmüşlerdi.

"Onlara Popperler'in Pembe Ayaklı Penguenleri desek nasıl olur?" diye sordu Bay Greenbaum.

Bay Popper biraz düşündü. "Olmaz," dedi sonunda, "böyle diyemeyiz. Müzikhol dansçılarını ya da balerinleri çağrıştırıyor bu ad, oysa bu kuşlar ciddi bir iş yapıyorlar. Bana kalırsa bu addan hoşlanmazlar."

"Tamam, tamam," dedi Bay Greenbaum, "haydi numaranızı görelim bakalım."

"Müzikli bir gösteri bu," dedi Janie, "annem piyano çalacak."

"Doğru mu bu duyduğum hanımefendi," diye sordu Bay Greenbaum.

"Evet efendim," dedi Bayan Popper.

"Eh, işte tam arkanızda bir piyano var," dedi Bay Greenbaum. "Başlayabilirsiniz, hanımefendi. Şu gösteriyi izleyelim bakalım. Eğer bir işe yarıyorsa, doğru adrese geldiniz demektir. Ülkenin dört bir yanında tiyatrolarım var benim. Ama önce şu penguenlerinizin numaralarını bir görelim. Hazır mısınız hanımefendi?"

"Önce şu mobilyaları bir kenara çekmeliyiz," dedi Bill.

BÖLÜM 15
Popper'in Marifetli Penguenleri

Tam o sırada tiyatro müdürü oflaya puflaya içeri girince işleri yarım kaldı.

"Ne oldu?" diye sordu Bay Greenbaum.

"Programın son numarası olan Harika Marcos ortalarda yok, seyirciler de paralarını geri istiyorlar."

"Peki ne yapacaksın şimdi?" diye sordu Bay Greenbaum.

"Paralarını geri vereceğim herhalde. Üstelik de cumartesi gecesi, haftanın en kalabalık günü. Ne kadar zarar edeceğimizi düşününce kahroluyorum."

"Bir fikrim var," dedi Bayan Popper. "Belki o parayı kaybetmeniz gerekmez. Madem ki programın sonuna geldiniz, isterseniz penguenlerle birlikte sahnede yapalım provamızı. Hem daha geniş bir alanda çalışırız hem de seyirciler de hoşlanır bu gösteriden"

"Pekâlâ," dedi müdür, "gelin bir deneyelim."

Böylece penguenler ilk provalarını gerçek bir sahnede yaptılar.

Müdür sahneye çıktı. "Bayanlar, baylar," dedi, elini kaldırarak, "izin verirseniz bu gece yeni bir numara deneyeceğiz burada. Beklenmedik koşullar gereği Harika Marcos bu akşam sahneye çıkamıyor. Onun yerine Popper'in Marifetli Penguenleri'nin gösterisini izleteceğiz size. Teşekkür ederim."

Popperler'le penguenleri ağırbaşlı bir tavırla yürüyüp sahneye çıktılar, Bayan Popper de piyanonun başına geçti.

"Piyano çalarken eldivenlerinizi çıkarmayacak mısınız?" diye sordu müdür.

"Yo, hayır," dedi Bayan Popper. "Elimde eldivenle çalmaya öylesine alıştım ki eğer sizin için bir sakıncası yoksa çıkarmak istemiyorum."

Ondan sonra da Schubert'in "Asker Marşı"nı çalmaya başladı. Penguenler güzelce oynamaya başladılar, oldukları yerde dönüyorlar, büyük bir dikkatle yer değiştiriyorlardı, parçanın ortasında Bayan Popper ansızın duruverdi.

Seyirciler coşkuyla alkışladılar onları.

"Başka şeyler de var," dedi Bayan Popper yarı müdüre, yarı seyircilere dönüp. "Bir kare oluşturup o biçimde yürüyorlar. Ama zamanımız dar, o yüzden o bölümü atlayıp ikinci bölüme geçeceğiz."

"Eldivenlerinizi çıkarmak istemediğinize emin misiniz hanımefendi?" diye sordu tiyatronun müdürü yeniden.

Bayan Popper gülümseyerek başını iki yana salladı ve "Şen Dul Valsi"ne geçti.

Şimdi, şiddetli bir kavgaya tutuşmuş olan Nelson ile Columbus'u ortalarına alan penguenler bir yarım daire oluşturdular. Dövüşen iki penguen, beyaz halkalı gözleriyle birbirlerini rahatça görebilmek için toparlak siyah kafalarını iyice geriye çekiyorlardı.

"Gork!" dedi Nelson, sağ kanadıyla Columbus'un karnına bir darbe indirirken, arkasından da sol kanadıyla çarparak onu yere düşürmeye çalıştı.

"Gov!" diyen Columbus iki büklüm oldu, başını Nelson'un omzundan arkaya sarkıtıp sırtına vurmaya çalıştı.

"Hey! Dürüst olun!" diye bağırdı tiyatronun müdürü. İki dövüşçüyü seyreden öteki on penguen kanatlarını çırpıp alkış tutarken Columbus ile Nelson birbirlerinden ayrıldılar.

Columbus, Nelson'a okşarcasına vururken Nelson birden onun gözünün üstüne kanadını indiriverdi, Columbus *"Ork!"* diye haykırarak geri çekildi. Öteki penguenler alkışlamaya başladılar, seyirciler de onlara katıldı. Bayan Popper valsi bitirirken Nelson ile Columbus dövüşü kestiler, kanatlarını indirdiler, karşı karşıya gelip durdular.

"Hangi kuş kazandı? Kim önde?" diye bağrıştı seyirciler.

Halka yapmış duran on penguen hep bir ağızdan "Gak!" diye bağırdılar.

Bunun anlamı "Bak!" olmalıydı, çünkü Nelson dönüp onlara baktı, bunu gören Columbus birden bir kanadını onun midesine çarparken öteki kanadıyla da onu yere yıktı. Nelson gözlerini kapayıp yattı olduğu yerde. Kendinden geçmiş yatan Nelson'un başında Columbus ona kadar saydı, o sırada öteki penguenler alkış tutmaya devam ediyorlardı.

"Bu gördüğünüz, gösterinin bir parçası," dedi Janie. "Öteki penguenler Columbus'un kazanmasını istiyorlar, bu yüzden bir ağızdan 'Gak!' diye bağırıyorlar. Bunu duyan Nelson her seferinde dönüp bakıyor, böylece Columbus da onun işini bitiriyor."

Nelson şimdi ayağa kalkmıştı, bütün penguenler sıraya dizildiler, eğilip müdürü selamladılar.

"Teşekkür ederim," dedi müdür, eğilip selama karşılık verirken.

"Şimdi üçüncü bölüm," dedi Bayan Popper.

"Ah babamız," dedi sonra, "boya merdivenleriyle kalası getirmeyi unuttun!"

"Hiç sorun değil," dedi müdür. "Yardımcılarıma söylerim, size istediklerinizi getirirler."

Çok geçmeden iki merdivenle bir kalas getirilmişti, Bay Popper ile çocuklar merdivenlerin ve kalasın nasıl yerleştirileceğini gösterdiler. Ondan sonra da Bayan Popper şirin,

küçük bir şarkı olan "Derenin Kıyısında"yı çalmaya başladı.

Gösterinin bu noktasında penguenler hep taşkınlığa başlıyor, adamakıllı heyecanlanıyorlardı. Bir anda itişip kakışmaya başlıyorlar, her biri, merdivene ilk çıkan olmak istiyordu. Böyle olsa da, çocuklar Bay Popper'e bütün bu itişip kakışmaların gösteriyi daha da komik yaptığını söylemişler, Bay Popper de onlara hak vermişti.

Şimdi de penguenler epeyce gürültü patırtı çıkararak merdivene tırmandılar, karmakarışık bir sıra halinde kalasın üzerinde koşuşturdular, ara sıra birbirlerini itip aşağı düşürdükleri de oluyordu, kalasın öbür ucuna varınca merdivene karın üstü yatıp aşağı kaydılar, o merdivene tırmanmaya çalışan penguen varsa onu da itip yere düşürdüler.

Bayan Popper'in tatlı müziğine rağmen gösterinin bu bölümü çok gürültülü ve deli doluydu. Hem müdür hem de seyirciler karınlarını tuta tuta kahkahalar atıyorlardı.

Sonunda Bayan Popper şarkının sonuna geldi ve eldivenlerini çıkardı.

"Şu merdivenleri sahneden alıp götürmezseniz ben bu penguenlerle asla baş edemem," dedi Bay Popper. "Perdeyi indirmenin sırası geldi."

Müdür perdenin indirilmesi için işaret etti, seyirciler de ayağa kalkıp coşkuyla alkışladılar.

Merdivenler götürüldükten sonra müdür penguenler için on iki külah dondurma getirtti. Ama Janie ile Bill ağlamaya başlayınca müdür oradaki herkese dondurma ısmarladı ve hepsine birer külah dondurma geldi.

Popperler'i ilk kutlayan Bay Greenbaum oldu.

"Bay Popper," dedi, "Bu kuşların bir benzerinin olmadığını size söylemekte bir sakınca görmüyorum. Müthiş bir gösteri hazırlamışsınız. Tiyatromun müdürüne nasıl yardımcı olduğunuza bakınca gerçek sanatçılar olduğunuzu söylemem gerek, tam da gösteri dünyasının ihtiyacı olduğu türde insanlarsınız. Penguenlerinizin çok yakında Oregon'dan ta Maine'a kadar bütün önemli tiyatrolarda sahneye çıkacağını söylemek için kâhin olmak gerekmez. Şimdi de gelelim çalışma koşullarına Bay Popper," diye ekledi. "Haftada beş bin dolardan on haftalık bir sözleşmeye ne dersiniz?"

"Sence tamam mı canım," diye sordu Bay Popper, karısına.

"Evet, bence uygun," dedi Bayan Popper.

"Tamam öyleyse," dedi Bay Greenbaum. "Şu kâğıtları imzalayın öyleyse. Gelecek perşembe Seattle'da sahneye çıkıyorsunuz, hazırlanın."

"Ben de teşekkür ederim," dedi tiyatronun müdürü. "Bayan Popper, eldivenlerinizi bir kez daha giyebilir misiniz? 'Asker Marşı'nı bir daha çalın da penguenleriniz sıraya girip yürüsünler. Yürüsünler de bizim yer göstericiler kuşlarınızı seyretsinler. Belki bir şeyler öğrenirler."

BÖLÜM 16

Yollarda

Ertesi gün, Proudfoot Caddesi, 432 numarada yapacak pek çok iş vardı. Herkese yeni giysiler alınacak, eskiler naftalinli torbalara konacaktı. Sonra Bayan Popper bütün evi baştan aşağı temizleyip parlatacak, ortalığı düzene sokacaktı, çünkü o, evde kimse olmasa bile ortalığı dağınık bırakmayacak kadar iyi bir ev kadınıydı.

Bay Greenbaum, ilk haftanın ücretini peşin ödemişti onlara. Popperler'in ilk yaptığı şey, bodrum kata buzdolabını kuran mühendisin parasını ödemek oldu. Adamcağız son zamanlarda parasını alamayacağından korkmaya başlamıştı; aslında o olmasaydı penguenleri böyle eğitemezlerdi. Popperler daha sonra deniz kıyısından kendilerine taze balıkları gönderen şirketin parasını ödediler.

Sonunda her şey tamamlanmıştı, Bay Popper küçük evlerinin kapısını dışarıdan kilitledi.

Yolda trafik polisiyle tartıştıkları için tren istasyonuna gecikerek varabildiler. Polisle, çarpışan iki taksi yüzünden tartışmışlardı.

Dört Popper, on iki penguen, sekiz bavul ve penguenlerin yemeği olan balıkların durduğu, içi su dolu koca kovayı düşününce, bütün bunların bir tek taksiye sığamayacağını anladı Bay Popper; bu yüzden bir taksi daha çağırmak zorunda kaldı.

Her iki taksi sürücüsü de istasyona ilk gidenin kendisi olmasını istiyordu; oraya varınca taksinin kapılarını açıp altı pengueni dışarı salarak insanları şaşırtmaktı amaçları. Bu yüzden yol boyunca birbirleriyle yarıştılar, son sokağa varınca birbirlerini geçmeye çalıştılar, tam o sırada taksinin birinin çamurluğu koptu.

Elbette ki trafik polisi bunu görünce çok sinirlendi.

Popperler istasyona vardıklarında tren hareket etmek üzereydi. Her iki taksi sürücüsü onların kapıdan geçip perona çıkmalarına yardım etti, ama neredeyse kaçırıyorlardı treni. Penguenler soluk soluğa kalmışlardı.

Bay Popper'in penguenlerle birlikte yük vagonunda yolculuk etmesine karar vermişlerdi, amaç onların huzursuzlanmasını önlemekti, Bayan Popperle çocuklar ise yataklı vagonda kalacaklardı. Trene ancak en arkadaki vagondan binebildikleri için Bay Popper'in penguenlerle birlikte treni baştan başa geçmesi gerekti.

Ellerinde bir kova dolusu balıkla birlikte yataksız vagonlardan geçmeleri pek güç olmadı. Ama yataklı vagonlarda sorun çıktı, çünkü görevli memur orada yatakları hazırlamaya başlamıştı bile.

Görevlinin merdivenini gören penguenlerin akılları başlarından gitti.

Bir düzine heyecanlı gagadan bir düzine mutlu "Ork!" sesi duyuldu. Disiplin filan düşünmeyen Popper'in Marifetli Penguenleri, merdivenlere tırmanmak ve ranzaların üstüne çıkmak için birbirleriyle didişmeye başladılar.

Zavallı Bay Popper! Yaşlıca hanımlardan biri trenden
ineceğim diye haykırdı, saatte kaç kilometre hızla giderse
gitsin umurumda değil diyordu. Rahip giysileri içindeki
bir beyefendi penguenler dışarı atlasın diye pencereleri aç-
mayı önerdi. Görevlilerden ikisi kuşları ranzalardan dışarı
kovalamaya çabaladılar. Sonunda herkesin yardımına, elle-
rinde fenerlerle kondüktörle frenci yetişti.

Bay Popper, uzun çabalardan sonra hayvanlarını yük vagonuna götürebildi.

Bu yolculuk sırasında, Janie ile Bill'in on hafta boyunca okuldan uzak kalmaları düşüncesi ilk başta Bayan Popper'i tasalandırmıştı; oysa bu durum çocukların hiç umurunda değil gibiydi.

Bay Popper ise karısına, "Unutmamalısın ki canım," diyordu, "yolculuk insanın ufkunu genişletir". Kendisi uzak ülkelerin hayalini pek çok kurmuş olsa da o güne kadar Durgunsu'dan dışarı adım atmamıştı.

İlk günden başlayarak penguenler müthiş bir başarı kazandılar. Hatta Seattle'daki ilk gösterilerinde bile en ufak bir kusur olmadı; belki de daha önce gerçek bir sahnede prova yapmış olmalarından, kimbilir?

Penguenler bu kentteyken programa kendiliklerinden yeni bir numara eklediler. Sahneye ilk onlar çıkıyordu. Gösterileri bittiğinde halk çılgına döndü. Seyirciler el çırptılar, tepindiler ve Popper'in Marifetli Penguenleri'nin sahnede kalmasını istediler.

Penguenlerin sahneden çıkarılması için Janie ile Bill babalarına yardım ettiler, yoksa ikinci gösteri başlayamazdı.

İkinci sanatçı, Mösyö Duval adında bir ip cambazıydı. Penguenler, cambazı sahne gerisinden seyredecekleri yerde onu daha yakından görmek üzere sahneye yürüyünce sorun da başladı.

Ne yazık ki penguenler sahneye girdiği sırada Mösyö Duval yüksekteki ipin üzerinde son derece güç bir gösteri yapmaktaydı.

Seyirciler elbette ki penguenlerin gösterisinin bittiğini

düşünmüşlerdi, ama onların sahneye geri dönüp sırtlarını seyircilere vererek tepedeki ipin üzerinde dikkatle dans etmekte olan Mösyö Duval'i izlediğini görünce pek sevindiler.

Penguenleri gören seyirciler öyle yüksek sesle güldüler ki Mösyö Duval dengesini yitirdi.

İp cambazı düştüğünde onun altında kalmak istemeyen penguenler iki yana yalpalayarak hızla kenara kaçarlarken *"Ork!"* diye bağrıştılar.

Dengesini sağlamayı başaran Mösyö Duval, düşmek üzereyken ipe dirseğinin iç kısmıyla tutunarak kurtuldu. Bir düzine kırmızı gaganın, kendisine güler gibi açıldığını gören cambaz, Popper'in Marifetli Penguenleri'ne pek öfkelendi.

"Defolun buradan, aptal şeyler!" dedi onlara, Fransızca olarak.

"Ork?" dediler penguenler, anlamazmış gibi yaparak ve kendi aralarında Mösyö Duval'i penguen dilinde konuşarak çekiştirdiler.

Ve böylece ne zaman sahneye çıkıp başkalarının gösterisini bölseler, seyirciler de onlardan o kadar çok hoşlandı.

BÖLÜM 17

Ünlü Oldular

Kuşlar kısa zamanda o kadar büyük bir üne kavuştular ki, ne zaman bir tiyatroda Popper'in Marifetli Penguenleri'nin gösterisi olduğu duyulsa, insanlar bilet almak için kilometrelerce kuyruk oluşturuyorlardı.

Ne var ki programdaki öbür sanatçılar bundan hiç de hoşnut kalmıyorlardı. Bir keresinde Minneapolis'te, Popper'in penguenlerinin de kendisiyle aynı programda yer aldığını duyan tanınmış bir opera sanatçısı hanım, pek öfkelendi. Hatta, penguenler oradan uzaklaştırılmadıkça sahneye çıkmayacağını söyledi. Bu yüzden sahne görevlileri, penguenlerin sahneden çıkartılıp alttaki bodruma götürülmesi için Bay ve Bayan Popper ile çocuklara yardım ettiler, bir yandan da penguenler geçmesin diye tiyatronun müdürü, sahne kapısının önünde nöbet tutuyordu.

Bodrumda ise penguenler çok geçmeden yukarı çıkan bir başka merdiven olduğunu keşfettiler, bir dakika sonra da, orkestranın çaldığı alçak bölmede penguenlerin kafaları birer birer görünmeye başlayınca seyirciler kahkahayı patlattılar.

Orkestra çalmaya devam etti, sahnedeki şarkıcı bayan

penguenleri görünce ne kadar kızdığını göstermek için sesini iyice yükseltti. Bütün seyirciler öyle bağıra çağıra gülüyorlardı ki şarkıcının söylediği şarkının sözleri duyulmuyordu bile.

Penguenlerin peşinden merdiveni tırmanmış olan Bay Popper, orkestranın çaldığı bölmenin önüne gelince durdu.

"Oraya, müzisyenlerin yanına gitmem sanırım doğru olmaz," dedi Bayan Popper'e.

"Ama penguenler gittiler," dedi Bayan Popper.

"Baba, penguenler kemanların vidalarını, tellerini ısırmaya başlamadan önce onları çekip alsan iyi olacak," dedi Bill.

"Aman tanrım, ne yapacağımı bilmiyorum," dedi Bay Popper, en üstteki basamağa çökerken.

"O zaman ben yakalarım onları," dedi Bayan Popper, Bay Popper'in yanından geçip yukarı tırmanırken, Janie ile Bill de arkasından gidiyorlardı.

Bayan Popper'in kendilerini yakalamaya geldiğini gören penguenler utandılar, çünkü orada bulunmamaları gerektiğinin farkındaydılar. Böylece zıplayıp sahneye çıktılar, yerdeki ışıkların üzerinden geçtiler ve şarkıcı hanımın mavi elbisesinin eteklerinin arasına saklandılar.

Kadıncağız şarkısını kesiverdi ve ancak bir tek tiz, cırlak ses çıkarabildi boğazından, aslında şarkıda böyle bir nota yoktu.

Kuşlar, tiyatronun parlak ışıklarını, kendilerine gülen seyircileri, yolculuk etmeyi çok sevmişlerdi. Görülecek yeni şeyler vardı hep.

Durgunsu'dan ta Pasifik Okyanusu kıyılarına kadar gittiler. Proudfoot Caddesi'ndeki, 432 numaralı evden iyice uzaklaşmışlardı, o evdeyken Popperler acaba paramız ilkbahara kadar bize yetecek mi diye kaygılanırlardı.

Her hafta beş bin dolarlık çekleri ödeniyordu.

Tiyatroda gösterileri olmadığı ya da trenle bir kentten ötekine gitmedikleri zaman günlerini büyük otellerde geçiriyorlardı.

Ara sıra, şaşkın bir otel sahibinin kuşları otele almak istemediği de oluyordu.

"Baksanıza, biz otele köpek bile almıyoruz," diyordu.

"Peki ama, penguenleri otele almayacaksınız diye bir yasa var mı?" diye soruyordu Bay Popper.

O zaman otelin sahibi, penguenlerin otele alınmasını yasaklayan bir yasa olmadığını itiraf etmek zorunda kalıyordu. Ve elbette, penguenlerin ne kadar temiz olduğunu ve onları görmek isteyen başka müşterilerin de otele geldiğini görünce onları otele kabul ettiği için seviniyordu. Büyük bir otelde penguenlerin yaramazlık yapması için pek çok fırsat olacağını düşünebilirsiniz ama bizimkiler son derece usluydular, olsa olsa sık sık asansöre binip bir aşağı bir yukarı gidiyorlardı, bazen de otelde çalışan görevlilerden birinin parlak metal düğmelerini gagalıyorlardı.

Haftada beş bin dolar yüklüce bir para gibi görünebilir göze, ama Popperler zengin filan değillerdi. Büyük otellerde kalıp kentte durmadan taksiye binmek oldukça pahalıya patlıyordu. Bay Popper'in sık sık, penguenlerin otelden tiyatroya yürüyerek gidip gelebileceklerini düşündüğü oluyordu, ama ne zaman yürümeye kalksalar geçit törenine çıkmış gibi oluyorlar ve trafiği aksatıyorlardı. Kimseye rahatsızlık vermekten hoşlanmayan Bay Popper de hayvanlarını taksiye bindirmeyi yeğliyordu.

Penguenler serinlesin diye oteldeki odalarına koca koca buz kalıpları getirtmek de pahalıydı. Popperler'in sık sık gittikleri kaliteli lokantalardaki yemek fiyatları da inanılmaz derecede yüksekti. Bereket penguenlerin yemek masrafları artık düşük sayılırdı. Yoldayken, özel arabalarla taze balık getirtmekten vazgeçmişlerdi, çünkü siparişleri zamanında getirtmek çok güç oluyordu. Bu yüzden hayvanları yeniden konserve karides ile beslemeye başladılar.

Bu iş için hiçbir masrafları olmuyordu, çünkü Bay Popper, 'Popper'in Marifetli Penguenleri Owens marka konserve karidesle besleniyorlar' diye bir kâğıt imzalamıştı.

Bu cümle, on iki penguenin fotoğrafıyla birlikte bütün önemli dergilerde yer almıştı, bunun karşılığında Owens Okyanus Karidesleri Firması, Bay Popper'e bir belge vermişti. Bu belge sayesinde ülkenin neresinde olursa olsun, bütün bakkal dükkânlarından bedava konserve karides alabiliyorlardı.

Birkaç şirket daha, örneğin Ispanak Üreticileri Birliği ve Sağlıklı Yulaf Ezmesi Şirketi gibi şirketler de kendi ürünlerini önermesi karşılığında Bay Popper'e büyük paralar vermek istiyorlardı. Ama penguenler ne ıspanak yiyorlardı ne de yulaf ezmesi. Bu paranın işine çok yarayacağını bilse de Bay Popper kuşların bunları yediğini söyleyemeyecek kadar dürüst bir insandı.

Pasifik Okyanusu kıyılarından yeniden doğuya döndüler, kıtanın öbür ucuna geçmeye hazırlandılar. Bu kısa yolculukta ancak büyük kentlerde durabiliyorlardı.

Minneapolis'ten sonra Milwaukee, Chicago, Detroit, Cleveland ve Philadelphia'da sahneye çıktılar.

Nereye gittilerse ünleri kendilerinden önce gitti. Nisan başlarında Boston'a geldiklerinde onları istasyonda büyük bir kalabalık bekliyordu.

O güne kadar, penguenlerin rahatını sağlamak pek güç olmamıştı. Ama Boston'da ılık bir bahar rüzgârı esiyordu, otele varınca Bay Popper'in odalarına sürekli koca koca buz kalıpları getirtmesi gerekti. On haftalık sözleşmenin sona ermek üzere olması onu sevindiriyordu, gelecek hafta penguenler New York'ta sahneye çıkacak, ondan sonra da bu iş bitecekti.

Bay Greenbaum bir mektup yazıp yeni bir sözleşme imzalamak istediğini bildirmişti. Ama Bay Popper artık Durgunsu'ya dönmelerinin daha iyi olacağını düşünmeye başlamıştı, çünkü penguenler gitgide huysuzlanıyorlardı.

BÖLÜM 18
Nisan Rüzgârları

Hava sıcaklığı Boston'dayken mevsim normalinin üzerindeydi, ama New York tam anlamıyla sıcaktı. Central Park'a bakan büyük Tower Otelindeki odalarında penguenler sıcaktan çok etkileniyorlardı.

Az da olsa esen rüzgârdan yararlansınlar diye Bay Popper penguenleri alıp çatıdaki bahçeye çıkardı. Parıltılı ışıklara ve altlarındaki kentin cıvıltısına bayılmışlardı hepsi de. Yavru penguenler çatının kenarına yığılıp altlarında akıp geçen arabalara, insanlara baktılar. Onların böyle itişip kakışmalarından rahatsız olmuştu Bay Popper, sanki her an içlerinden birisi aşağı düşebilir gibi geliyordu ona. Güney Kutbu'ndaki penguenlerin, aşağıda ne gibi bir tehlike olabileceğini anlamak üzere bunu sık sık yaptıkları geldi aklına.

Çatı, kuşları için güvenli bir yer değildi. Greta gelmeden önce Kaptan Cook'un hastalığı sırasında kendisinin ne kadar korkmuş olduğunu asla unutmamıştı Bay Popper. Penguenlerinden birini kaybetme tehlikesini şimdi göze alamazdı.

Penguenler söz konusu olduğunda hiçbir şey Bay Popper'i yıldırmazdı. Kuşlarını alıp aşağıya indirdi, banyoya sokup hepsini soğuk suyla yıkadı. Gecenin büyük bir bölümünü bu işe ayırmıştı.

Gece az uyuduğundan, ertesi sabah tiyatroya gitmek üzere taksileri çağırırken uyku mahmurluğunu üzerinden atamamıştı. Üstelik Bay Popper zaten dalgın biriydi. Böylece, ilk taksiye bindiklerinde sürücüye kendilerini Regal Tiyatrosuna götürmesini söyledi.

"Peki efendim," dedi sürücü ve Broadway'in yoğun trafiğinin içinde kıvrıla kıvrıla yol almaya başladı. Bu renkli cadde hem penguenlerin hem de çocukların ilgisini çekmişti.

Tiyatroya epeyce yaklaşmışlardı ki sürücü dönüp, "Bu penguenler Swenson'un foklarıyla aynı programdalar mı?" diye sordu.

"Programda başka kimler olduğunu bilmiyorum," dedi Bay Popper, adama parasını öderken. "Herneyse, tiyatroya geldik zaten." Taksiden inip sahne kapısına doğru yöneldiler.

Sahnenin arkasında iriyarı, güçlü, kırmızı suratlı bir adam dikiliyordu. "Demek Popper'in Marifetli Penguenleri bunlar, ha" dedi. "Size şunu söyleyeyim Bay Popper, benim adım Swen Swenson, şu anda sahnede olanlar da benim foklarım, şu senin kuşların saçma sapan bir şey yapacak olurlarsa fena olur. Benim foklarım pek amansızdırlar, senin şu penguenlerinden iki üç tanesini bir lokmada yutuverirler."

Gösterilerini yapmakta olan fokların boğuk sesleri sahneden duyuluyordu.

"Babamız," dedi Bayan Popper, "penguenler programın son bölümünde. Gidip şu taksileri geri çevir de penguenleri alıp sıraları gelene kadar kentte gezdirelim."

Bay Popper taksileri yakalamak için dışarı koştu. Geri geldiğindeyse artık çok geçti. Popper'in Marifetli Penguenleri Swenson'un foklarını keşfetmişlerdi bile.

"Baba, bakamayacağım!" diye bağrıştılar çocuklar.

Sahneden korkunç bir gürültü patırtı duyuluyordu, seyirciler ayaklanmış bağırıyorlardı, hemen perde indirildi.

Popperler sahneye koştuklarında, hem penguenler hem de foklar Swensonlar'ın soyunma odasına çıkan arka merdiveni bulmuşlardı ve basamakları tırmanıyorlardı.

"Orada neler olduğunu düşünmek bile istemiyorum," dedi Bayan Popper, ürpererek.

Bay Swenson güldü. "Keşke şu kuşlarını sigorta ettirseydin Popper," dedi. "Değerleri nedir acaba? Herneyse, gidip bakalım şunlara."

"Sen git, babamız," dedi Bayan Popper. "Bill, sen koşup polis çağır, penguenlerimizden birkaçını kurtaralım hiç olmazsa."

"Ben de itfaiyeye haber vereyim," dedi Janie.

İtfaiyeciler sirenlerini çala çala gelip yangın merdivenini Bay Swenson'un soyunma odasının penceresine dayadıklarında ortada yangın filan olmadığını görünce akılları karıştı. Ama gördükleri karşısında içleri rahat etti: Altı tane siyah bıyıklı fok, odanın ortasına oturmuş bağırıyor, on iki penguen de onların çevresinde halka olmuş neşeyle dolaşıyorlardı.

Sonra polisler geldi, itfaiyecilerin cama dayadıkları merdivene tırmandılar. Pencereden içeri girdiklerinde onlar da gözlerine inanamadılar. İtfaiyeciler miğferlerini penguenlerin kafalarına oturtmuşlardı, kuşlar da buna bayılmışlardı, ama o miğferlerle pek komik duruyorlardı, kızlara benzemişlerdi.

İtfaiyecilerin penguenlerle böyle sıkı fıkı dost olduğunu gören polisler de elbette fokların tarafını tuttular ve kendi şapkalarını da onların başına geçirdiler. Uzun siyah bıyıkları ve şapkanın altındaki kara suratlarıyla foklar pek sert görünüyorlardı.

İtfaiyecilerin miğferlerini başlarına takmış penguenler polislerin önünden geçiyor, foklar ise, başlarında polislerin şapkalarıyla itfaiyecilere bağırıyorlardı. İşte Bay Popper ile Bay Swenson onları bu durumda buldular.

Bay Popper oturdu. Öylesine ferahlamıştı ki bir an konuşamadı bile.

Bay Swenson polislere, "Şapkalarınızı foklarımın başından alın hemen," dedi. "Sahneye inip numaramızı tamamlamamız gerekiyor." Sonra da altı fokunu alıp aşağı indi, giderlerken fokların homurtuları hâlâ duyuluyordu.

"Eh n'apalım, hoşça kalın ördekler," dediler itfaiyeciler, istemeye istemeye miğferlerini penguenlerden alıp kendi başlarına oturttular. Sonra da merdivenden inip gözden kayboldular. Penguenler de onların peşinden gitmek istediler elbette, ama Bay Popper onları durdurdu.

Tam o sırada kapı hızla açıldı ve tiyatronun müdürü odaya daldı.

"Yakalayın şu adamı," dedi polislere, eliyle Bay Popper'i göstererek. "Yakalanması için tutuklanma emri var."

"Kim, ben mi?" dedi Bay Popper, şaşkınlık içinde. "Ne yapmışım?"

"Tiyatroma dalıp ortalığı ayağa kaldırdın, daha ne yapacaksın. Burasını altüst ettin."

"Ama ben Bay Popper'im, bunlar da benim Marifetli Penguenlerim, bütün ülke tanıyor onları."

"Kim olursan ol, umurumda değil, benim tiyatromda ne işin var!"

"Ama Bay Greenbaum bize Regal Tiyatrosunda bir hafta sahneye çıkmamız için beş bin dolar ödüyor."

"Bay Greenbaum'un tiyatrosu Regal değil, Royal. Yanlış tiyatroya gelmişsiniz. Herneyse, çıkın dışarı, sen de çık, şu penguenlerin de. Polis arabası sizi dışarıda bekliyor."

BÖLÜM 19

Amiral Drake Geliyor

Bay Popper ile Kaptan Cook, Greta, Columbus, Louisa, Nelson, Jenny, Magellan, Adelina, Scott, Isabella, Ferdinand ve Victoria, polis arabasına doldurulup karakola götürüldüler.

Bay Popper ne kadar yalvardıysa da karakoldaki polisin düşüncesini değiştiremedi.

"Tiyatronun müdürü, tiyatrosuna dalıp ortalığı ayağa kaldırdığınız için çılgına dönmüş, bu yüzden sizi tutukluyorum. Kefalet ödeyebiliyorsanız ödeyin, yoksa sizi sakin bir hücreye koyacağım. Sizin için beş yüz dolar kefalet ödemeniz gerekiyor, kuşların her biri için de yüzer dolar."

Elbette ki bu kadar parası yoktu Bay Popper'in. Otelde kalan Bayan Popper'e telefon ettiler ama onda da yoktu bu para. Otel ücretini birkaç gün önce peşin ödediklerinden paraları kalmamıştı. Son haftanın çekini ise Bay Greenbaum ancak hafta sonunda verecekti. Aslına bakılırsa Popperler'in bu son çeki görecekleri de pek kuşkuluydu, çünkü penguenlerin hapisten çıkıp Royal Tiyatrosunda gösteri yapmaları bu durumda mümkün değildi.

Bay Greenbaum'u bulabilselerdi bu nazik adamın kendilerini hapisten kurtaracağına emindi Bay Popper. Ama

Bay Greenbaum, Hollywood'daydı, ta Pasifik Okyanusu kıyısında, Popperler de ona nasıl ulaşabileceklerini hiç bilmiyorlardı.

Kuşlar hapiste çok sıkılıyorlardı. Çarşamba günü geldiğinde Bay Greenbaum'dan hâlâ ses çıkmamıştı. Perşembe olduğunda kuşlar iyice bitkinleştiler, hiç prova yapmıyorlardı, üstelik hava da sıcaktı, bu ikisi birleşince penguenlerin dayanması güçleşmişti. Artık ne bir numara yapıyorlar ne de keyifle oyun oynuyorlardı. Yavru penguenler bile bütün gün susup oturuyorlardı, Bay Popper onların neşesini yerine getiremiyordu.

Bay Popper'in içinden gelen bir ses ona Bay Greenbaum'un sözleşmeyi yenilemek üzere hafta sonuna kadar geleceğini söylüyordu. Ama cuma günü de gelip geçti, Bay Greenbaum görünmedi.

Cumartesi sabahı Bay Popper erkenden kalktı, saçlarını taradı. Sonra elinden geldiğince penguenlerin tüylerini temizledi, Bay Greenbaum gelecek olursa herkesin olabildiğince derli toplu görünmesini istiyordu.

Saat onda koridorda ayak sesleri ve anahtar şıkırtıları duyuldu, hücrenin kapısı açıldı.

"Serbestsiniz Bay Popper. Bir arkadaşınız geldi."

Bay Popper penguenleri de alıp aydınlık koridora çıktı.

"Tam zamanında geldiniz Bay Greenbaum," demek üzereydi.

Gözleri ışığa alışınca karşısında duran adama bir kez daha baktı.

Ama karşısındaki Bay Greenbaum değildi.

Sırtında pırıl pırıl üniformasıyla uzun boylu, sakallı bir adamdı. Gülümseyerek elini Bay Popper'e uzattı.

"Bay Popper," dedi, "ben Amiral Drake."

"Amiral Drake mi!" diye bağırdı Bay Popper. "Güney Kutbu'ndan döndünüz mü?"

"Evet," dedi Amiral Drake, "Drake Güney Kutbu Araştıma Gemisi dün döndü. New Yorkluların bizi nasıl karşıladığını görmeliydiniz. Bugünkü gazetelerde okuyabilirsiniz.

Ben de sizin ve penguenlerin başına gelenleri gazetelerde okudum ve hemen geldim. Size anlatacak çok şeyim var."

"Otele gidip konuşabilir miyiz?" diye sordu Bay Popper. "Karım merakla bizi bekliyordur."

"Elbette," dedi Amiral. Otele varınca Popperler'in odasında toplanıp oturdular, penguenler de çevrelerini sarmışlardı. Amiral Drake anlatmaya başladı:

"Amerika'ya döneceğim belli olunca, bir penguen göndermiş olduğum adamı sık sık düşünmeye başladım doğal olarak. Kutuptayken haberler kulağımıza geç geliyor, sizin o kuşla baş edip edemediğinizi merak ediyordum ben de. Dün akşam, belediye başkanının verdiği yemekte, penguenlerinizi eğitip bütün ülkede gösteri verdiğinizi duydum. Bu sabah gazeteyi elime alınca okuduğum ilk haber de, Bay Popper'le on iki pengueninin hapiste olduğuydu. Ama *on iki* penguen Bay Popper, nasıl oldu da..."

İşte o zaman Bay Popper ona Greta'nın nasıl gelip Kaptan Cook'u yalnızlıktan kurtardığını, küçük penguenlerin nasıl doğup büyüdüğünü, tam geçim derdindeyken o küçük ve akıllı kuşların nasıl Popperler'e yardımcı olduğunu bir bir anlattı.

"Şaşırtıcı," dedi Amiral Drake. "Ben çok penguen gördüm, böyle eğitilmiş olanlarına rastlamadım. Sabır ve çalışmayla nelere ulaşılabileceğini gösteriyor bu. Ama şimdi asıl konumuza gelelim. Siz benim hem Kuzey Kutbu'nda hem de Güney Kutbu'nda keşifler yaptığımı biliyorsunuz, değil mi?"

"Elbette biliyorum," dedi Bay Popper, saygıyla, "sizin her iki kutba yaptığınız keşif gezileriyle ilgili kitapları okudum."

"İyi öyleyse," dedi Amiral, "o zaman biz kâşiflerin neden Güney Kutbu'nu yeğlediğimizi de bilirsiniz."

"Acaba orada penguenler var diye olabilir mi efendim?" diye sordu onları dikkatle dinleyen Janie.

Amiral Drake kızın başını okşadı. "Evet yavrum. Eğer yanında oyalanacak bir evcil hayvanın yoksa kutuplardaki o uzun geceler geçmek bilmez. Kuşkusuz kutup ayıları da var orada, ama onlarla oynayamazsın ki. Kuzey Kutbu'nda neden penguen yaşamadığını kimse bilmiyor. Amerika Birleşik Devletleri hükümeti uzun zamandır orada penguen üretmek amacıyla benim Kuzey Kutbu'na bir keşif gezisi yapmamı istiyordu. Lafı uzatmayayım Bay Popper. Siz şu kuşlarınızla öyle büyük bir başarı sağladınız ki, onları Kuzey Kutbu'na götürüp orada penguen üretmeye ne dersiniz?"

Tam o sırada Bay Greenbaum'la bir başka beyefendinin geldiğini haber verdiler. Hepsi el sıkıştılar ve Amiral'le tanıştılar.

"Evet Popper," dedi Bay Greenbaum, "tiyatroları karıştırdığınıza pek üzüldüm. Ama unutun gitsin. Size Bay Klein'ı tanıştırayım, kendisi Colossal Film Şirketinin sahibidir. Sizin kaderinizi değiştirecek. Artık yoksulluktan kurtulacaksınız Bay Popper."

"Yoksul mu!" dedi Bay Popper. "Ben yoksul değilim ki. Bu kuşlar sayesinde haftada beş bin dolar kazanıyorum."

"Beş bin dolar mı?" dedi Bay Klein. "O da ne ki? Çerez parası. Ben bu kuşlarla film çevirmenizi istiyorum Bay Popper. Bizim senaryo bölümümüz onlar için senaryo yazmaya başladı bile. Bu kuşların her biri için yapacağım sözleşme sayesinde siz ve karınız hayatınızın sonuna kadar para derdi olmadan yaşayacaksınız."

"Babamız," diye fısıldadı Bayan Popper, "ben başka yerde yaşamak istemiyorum. Ben Proudfoot Caddesi'ne dönmek istiyorum."

"İyi düşünün Bay Popper," dedi Amiral. "Ben size böyle bir şey teklif edemem."

"Kuzey Kutbu'ndakilerin penguenleri yok diye kendilerini yalnız hissettiklerini mi söylemiştiniz?" diye sordu Bay Popper.

"Hem de çok yalnız," dedi Amiral Drake.

"Ama penguenler oraya giderse kutup ayıları onları yemez mi?"

"Evet, sıradan penguenleri yiyebilirler," dedi Amiral, "ama sizinkiler gibi iyi terbiye edilmişleri değil, Bay Popper. Sanırım sizinkiler bütün kutup ayılarından daha zekiler."

Konuşma sırası Bay Klein'daydı.

"Amerika'daki bütün sinema salonlarında küçük çocuklar Popper'in Marifetli Penguenleri'nin oynadığı filmleri keyifle seyredecekler," dedi.

"Kuşkusuz, biz Kuzey Kutbu'nda penguen soyu üretmeyi başarırsak," dedi Amiral Drake, "penguenlere verdiğiniz adın biraz değiştirilmesi gerekecek. Yüzlerce yıl sonra bilim adamlarının onları Popper'in Kuzey Kutbu Penguenleri diye anacağını tahmin ediyorum."

Bay Popper bir süre konuşmadı.

"Beyler," dedi sonunda, "her ikinize de teşekkür ediyorum. Kararımı size yarın bildireceğim."

BÖLÜM 20
Hoşça Kal Bay Popper

Karar vermek çok güçtü. Konukları gittikten sonra Bay ve Bayan Popper oturup herkes için en iyi çözümü bulmaya çalıştılar. Bayan Popper her iki teklifin de önceliklerini görebiliyordu, Bay Popper'i etkilemeye çalışmadan bunları dile getirdi.

"Bana kalırsa bu penguenlerin sorumluluğu sana ait," dedi, "ve son kararı sen vermelisin."

Ertesi gün geldiğinde Bay Popper'in yüzünün rengi atmış, omuzları çökmüştü, ama kararını bildirmesi gerekiyordu.

"Bay Klein," dedi, "penguenlerimi filmlerde oynatma teklifinizin benim için ne kadar değerli olduğunu bilmenizi isterim. Ama ne yazık ki teklifinizi kabul edemeyeceğim. Hollywood hayatının penguenlerim için pek uygun olduğuna inanmıyorum."

Sonra Amiral Drake'e döndü. "Amiral Drake, kuşlarımı size veriyorum. Bunu yaparken ilk düşündüğüm kuşlarım oldu. Benim yanımda rahat ettiklerini, mutlu olduklarını biliyorum. Ama son zamanlarda yaşadıkları bunca heyecan yanında bir de havaların ısınması onlar

101

adına kaygılandırıyor beni. Bu kuşlar benim için öyle çok şey yaptılar ki, ben de şimdi onlar için en iyisi neyse onu yapmak istiyorum. Ne de olsa soğuk iklim kuşları onlar. Ayrıca Kuzey Kutbu'ndaki adamlar için de üzülüyorum doğrusu, zaman geçirmelerine yardımcı olacak penguenleri yok yanlarında."

"Hükümetimiz size teşekkür edecektir Bay Popper," dedi Amiral.

"Sizi kutlarım Amiral," dedi Bay Klein da, "Belki de haklısınız Popper. Hollywood belki de zor gelecekti kuşlara. Gitmeden önce onlarla burada, New York'ta kısa bir film çekmeme izin verseniz keşke. Yani sahnede yaptıkları gösteri türünden birkaç sahne alabilirim. Sonra da filmi her yerde gösterir, bunların Amerika Birleşik Devletleri Penguen Üretme Keşif Gezisinin yöneticisi Amiral Drake tarafından Kuzey Kutbu'na götürülen ünlü Popper Penguenleri olduğunu duyururuz."

"Bunu çok isterdim," dedi Bay Popper.

"Size bunun için ücret de öderiz elbette," dedi Bay Klein. "Ama sözleşme yapsaydık daha büyük bir para öderdik size, bir servet sayılmaz vereceğim ücret ama şöyle diyelim: Yirmi beş bin dolar veririm size."

"Bu para işimize yarar," dedi Bayan Popper.

Herkes gittikten sonra Bay Popper, "Proudfoot Caddesi, 432 numara artık pek sessiz olacak," dedi.

Bayan Popper yanıt vermedi. Ne söylese Bay Popper'i avutamayacağını iyi biliyordu.

"Bununla birlikte," dedi Bay Popper, "artık bahar geldi, pek çok insan evini boyatmak isteyecektir, bir an önce evimize dönsek iyi olacak."

"Hem yılın ortasında tam on hafta tatil yaptık," diye atıldı Bill, "Durgunsu'da kaç çocuk böyle bir şey yaşamıştır ki?"

Ertesi gün kameramanlar geldiler ve penguenler numaralarını yaparken onları kameraya aldılar. Amiral Drake penguenlerle birlikte yola çıkana kadar Popperler'in New York'ta kalmasına karar verilmişti.

O arada limanda, Amiral Drake'in büyük yelkenli gemisi kuzeye yapacağı uzun yolculuk için hazırlanıyordu. Her gün her türlü malzeme kolilerle gemiye yükleniyordu. Gemideki en rahat kamaralar penguenlere ayrılmıştı, çünkü bu geziye onlar için çıkılıyordu.

Kaptan Cook gemiye alışmıştı bile, çünkü bu gemi, Amiral Drake'in Güney Kutbu'na giderken kullandığı gemiydi ve Kaptan Cook da onu oralarda sıkça görmüştü. Greta da bu tür gemiler görmüştü. Bu ikisi, Columbus, Louisa, Nelson, Jenny, Magellan, Adelina, Scott, Isabella, Ferdinand ve Victoria'ya her şeyi gösterip anlattılar.

Bu meraklı küçük kuşlar ortalıkta dolaşıp ne var ne yok keşfederken denizciler de onları keyifle seyrediyorlardı.

"Görünüşe bakılırsa yolculuğumuz hayli hareketli geçecek," diyorlardı. "Bu Popper penguenleri gerçekten söylendiği kadar varmış."

Sonunda hazırlıklar tamamlandı, Popperler'in limana inip herkesle vedalaşacağı gün geldi. Bill ile Janie geminin her tarafına girip çıktılar, iskelenin çekilme zamanı gelince de gemiden ayrılmak istemediler. Amiral çocukların ve Bay ve Bayan Popper'in ellerini sıktı, bilime büyük bir katkıda bulunacak olan bu olağanüstü penguenleri terbiye ettikleri için onlara teşekkür etti.

Bay Popper penguenleriyle baş başa vedalaşabilmek için aşağı inmişti. Onlar için en iyi kararı verdiğine inanmasa oracığa yığılıverirdi aslında. Önce yavru penguenlerle vedalaştı. Sonra Kaptan Cook'un hayatını kurtarmış olan Greta ile. En sona Kaptan Cook kalmıştı, eğilip onunla da kucaklaşıp vedalaştı, oysa Kaptan Cook ilk geldiğinde Bay Popper'in hayatını nasıl da zorlaştırmıştı.

Sonra Bay Popper gözlerini kuruladı, sırtını dikleştirdi ve Amiral Drake ile vedalaşmak üzere güverteye çıktı.

"Hoşça kalın Amiral Drake," dedi.

"Hoşça kalın mı?" diye yineledi Amiral. "Bu da ne demek? Siz bizimle gelmiyor musunuz?"

"Ben mi? Sizinle Kuzey Kutbu'na mı geleceğim?"

"Elbette geleceksiniz Bay Popper."

"Ama ben nasıl gelirim? Ne kâşifim ne de bilim adamı. Ben kendi halinde bir boyacıyım."

"Siz penguenlerin sahibi değil misiniz?" diye kükredi Amiral. "Kardeşim, bu keşif gezisinin nedeni bu penguenler değil mi? Siz gelmezseniz onlarla kim ilgilenecek, sağlıklı ve mutlu olmalarını kim sağlayacak? Haydi gidin de bizim giydiğimiz şu kürklü ceketlerden birini geçirin sırtınıza. Az sonra demir alıyoruz."

"Annemiz," diye seslendi Bay Popper, iskeleden geçerek karaya adım atmış olan Bayan Popper'e. "Ben de onlarla gidiyorum! Ben de gidiyorum! Amiral Drake bana ihtiyacı olduğunu söylüyor. Annemiz, bir iki yıl evden uzak kalsam olur mu?"

"Aslında seni çok özlerim canım," dedi Bayan Popper. "Ama bize birkaç yıl yetecek kadar paramız var. Kışın da bütün gün evin içinde oturan bir adam olmadan evi derli toplu tutmam çok daha kolay olacak. Ben Durgunsu'ya dönüyorum. Yarın Yardımsever Kadınlar Derneği'nin toplantısı var, ona yetişirim. Haydi hoşça kal canım, yolun açık olsun."

Çocuklar da, "Hoşça kal, yolun açık olsun," diye seslendiler babalarına.

Çocukların seslerini duyan penguenler yalpalaya yalpalaya güverteye çıktılar ve Bay Popper ile Amiral'in yanına dizildiler. O kocaman gemi ırmaktan geçip denize doğru yol alırken de ciddi ciddi kanatlarını kaldırıp el salladılar.

BİTTİ